文学经典怎么读

从IB中文到批判性阅读

钱佳楠 —— 著

中国人民大学出版社
·北京·

献给我的学生们

借美国人的话，你们是最好的

作者介绍

钱佳楠，毕业于复旦大学中文系，上海市作家协会会员，曾任上海世界外国语中学 IB 中文教师，现就读于美国艾奥瓦作家工作坊。曾获第 34 届台湾时报文学奖，出版有短篇集《人只会老，不会死》、长篇小说《不吃鸡蛋的人》等作品，译有《粉红色旅馆》。

名家推荐

钱佳楠深于阅读,诚以创作,为了自己的理想不断思考,而精进读写之道,是一名优秀的青年作家,也是我所认识的最优秀的IB中文教师之一。

对书中所列的文本材料,她善于对比分析,渐渐逼近,而目标显然。如对比分析唐代诗人张继的《枫桥夜泊》和张祜的《题金陵渡》两首诗作之高下,深入解读李白的诗心与人生的得意和失意,破译《青蛙王子》中埋藏的深秘密,都论述严谨,过程有趣,极富启发。解《世说新语》不拘泥于成法,而能发乎魏晋名士的深心真诚;读《史记·刺客列传》则独辟蹊径,资料严谨翔实又居于正。

我一直鼓吹"写作虹吸知识",钱佳楠这本书可以看成是集大成的硕果。

——叶开(著名作家、语文教育家)

钱佳楠老师不仅是一位IB资深教师,也是一名优秀的作家。基于丰富的教学与创作经验,钱老师对如何理解各类文本及如何选择文本分析角度早已驾轻就熟,能帮助同学们快速、准确地把握IB中文写作的要领。

本书选文精当,分析透彻,结合了文本细读的水磨功夫与诗无达诂的多维视角，既对IB中文教学有很好的启示作用，也有助于学生探究意识的培养和批判性思维的形成。

同时，本书行文生动有趣，文章可读性强。福尔摩斯的轶事，希区柯克的电影，作者对各种趣闻谐语信手拈来，令人读之不忍释卷。

相信通过对本书的学习，同学们一定能练就一双洞悉文本的"金睛火眼"，获得一支笑傲考场的"生花妙笔"。

——苏媛（香港汉鼎书院院长，IBDP中文考官、教师培训官、学校授权认证组组长、建校顾问）

钱佳楠才思敏捷丰盈，在创作上屡有建树。她依据自己的切身体悟，从古代、现代和外国翻译作品中选取了一批文本进行剖析，为学生打开了通向神奇世界的大门，这对长年累积的语文教学的积弊不能不说是一种富有创造性的矫正。

——**王宏图**（复旦大学中文系教授）

对于参加IB中文课程考试的学生，这是一本备考宝典；而对于每个喜欢文学的普通读者，这本书也可以帮助他们早点意识到，在人文学科里的所谓学问，从来都不是标准答案的累积，而是首先学会如何问出一个属于自己的问题。

——张定浩（《上海文化》副主编、文学评论家）

前　言

"文学经典""批判性阅读",我们常把这些大词挂在嘴边,但真正被问起这些词什么意思,我们中的很多人怕是答不上来。我在很长的一段时间内都以为"文学经典"指的就是那些封皮上印有"名著"或"中学生必读书"字样的书,而除了把它们囫囵吞枣式地读完,掌握一个故事梗概,熟练报出主人公的名字,自以为很有文化之外,我并不知道什么是阅读,遑论批判性阅读。真正摸到阅读和诠释的门径,并且懂得如何领学生走进文本,是我成为IB中文教师以后的事。在此,我想分享我的经验,邀你们加入这趟文学旅程,体会曾让我和我的学生身心摇曳的喜乐与满足。

一、IB中文:读经典,读大部头书

在我读书的年代,"国际课程"是个我闻所未闻的名词,我上的是传统语文课,通过高考的选拔,入读复旦

文学经典怎么读

大学中文系。大学毕业那年，一次偶然的机会，我来到上海世界外国语中学参加 IB 中文教师的笔试，当时我全然不知 IB 中文为何物，但人生中头一回爱上了考试题目。我还记得有一部分的题目大略如此：

> 请写出你对以下作家和作品的认识和评价，请不要给出文学史教科书中的综述，而是尽量基于你个人的阅读体会给出你个性化的认识和评价：
>
> 詹姆斯·乔伊斯、加西亚·马尔克斯、弗吉尼亚·伍尔夫、《追忆似水年华》《红楼梦》《史记》《浮生六记》、张岱

当时的我深深被这些题目吸引，我的水笔仿佛自己获得了生命，在纸上跳着迷人的回旋舞。交上试卷后，我已经确信，这份工作正是我梦寐以求的。

我是高考体制的获益者，在传统语文课中，我的阅读分析和作文都时常得到语文老师的赞许，但 IB 中文的课程体系于我而言是视野的拓展和对传统语文学习的有益补充，我从中得到的是一种文学思维的激发，这对培养学生终身的阅读兴趣和批判性思维至关重要。

话说到这里，大家一定都疑惑 IB 中文课上什么，和传

前　言

统的中学语文课有什么区别。

以 IB 中文的文学课（普通水平）为例，学生的学习内容和考核形式大致如下。

大纲内容	举例	考查方法与考查的主要能力		
翻译作品三部	《局外人》《简·爱》《霍乱时期的爱情》	外部评价（25%）	试卷一（20%）	小论文
精读作品两部	《史记》《聊斋志异》	内部评价（15%）		口头评论
同体裁编组的作品三部	《沈从文短篇小说》、白先勇《台北人》、《倾城之恋——张爱玲中短篇小说集》	试卷二（25%）		笔头考试
学校自选作品两部	《长恨歌》《城南旧事》	内部评价（15%）		口头表达

IB 中文的文学课共由四部分组成：

第一部分叫作"翻译作品"，主要是阅读和分析经典外国文学作品的中译本。IB 的官方会有指定书目，每所学校在这个书目中作选择。

和中学语文课本的阅读选文不同，IB 要求学生读整本书，比如《局外人》《简·爱》等。这个部分 IB 有规定的教学流程，不再由老师给学生讲课，而是学生需要在读完

文学经典怎么读

作品后自行选定一个和文学有关的论题，然后组织一堂讨论课，撰写反思和当堂作文，最终发展为一篇1 800字以内的小论文，寄到校外的IB考官处评分。

就以夏洛蒂·勃朗特的《简·爱》为例，或许大家很熟悉这部经典名著了，简·爱到罗切斯特家中做家庭教师，一直听见这家中有奇怪的女人的笑声传出。后来直到她答应罗切斯特的求婚，才得知那个关在三楼阁楼里的疯女人就是罗切斯特的妻子。

我只是复述了这部小说最基本的故事梗概，就好比烤鸭店里将鸭片皮后的那个鸭架，比起香脆多汁的鸭皮、鸭肉以及配合着一块吃的饼皮蘸酱，完全属于"鸡肋"，所以更精彩的内容还希望大家去读这本书。为了举例的方便，我就先用这个"鸭架""做汤"：一个很容易想到的选题可以是分析小说中罗切斯特的妻子——藏在阁楼上的那位疯女人。组织讨论的学生可以带领全班同学一同思考为什么勃朗特不让这个人物出现。如果借用戏剧学的概念，这个人物会被称作"暗场人物"，不让她出现到底有什么好处？讨论课的形式可以很灵活，组织讨论的学生甚至可以布置预习作业，让同学们试着帮助罗切斯特的妻子从

前言

阁楼里"越狱"出来,出现在某些重要场景里,甚至在课堂上演一演!打个比方,当简·爱和罗切斯特兜兜转转,好容易捅破了那层窗户纸,互诉衷肠,就在这一刻,罗切斯特的妻子不知怎么跑了出来,站在简·爱的后面,活像一个鬼魂,罗切斯特脸色大变……或许大家会感慨,这样一改好像把《简·爱》变成了一部现代狗血电视剧了!这样,学生们就能切身体会到勃朗特或许不希望这部小说会变成这样子。

当然,这只是一个简单的例子,在 IB 的课堂里学生将以此为起点,从这里开始讨论勃朗特的阴暗风格和哥特小说的联系,又或者他会发现后来有小说家简·里斯为《简·爱》写了前传《藻海无边》,它们之间有何关联?学生会这样带着问题走进图书馆,寻找解答,撰写论文。这篇论文占总分 100 分中的 25 分。

第二部分叫"精读作品",就中文而言,主要的学习对象是古典文学,如《史记》《聊斋志异》。虽然是选读,但对阅读量有一定的要求,不是仅只一两篇,而是可能要读五六篇甚至七八篇。对于选择中文高水平的学生而言,还必修古诗词。

文学经典怎么读

这部分的考核方式是口头评论。学生会从学过的选段中抽取其中一个，并在 20 分钟的准备时间里写下提纲。20 分钟一到，他会被请进录音室就这个选段进行全面评析，而后考官会就他的分析未尽之处向他提问。所有过程将被录音，接受 IB 考官的审查。这部分占 100 分中的 15 分。

第三部分是"同体裁编组的作品"。每个学校的选择不同，有的学校选戏剧，有的选诗歌，有的选散文，有的选短篇小说。以短篇小说为例，学生可能会接触鲁迅、白先勇、张爱玲等作家的作品。这部分的阅读量比较大，一般是整个经典的选集都要求精读完毕。

这部分的最终考核形式是试卷二，是在高三下学期时的 5 月份参加全球统考，试题不针对具体的篇目，而是理论性很强的文学考题，比如：

> 作家呈现的世界总是淘洗掉现实的渣滓，最终引读者向善、向美。
> 就你所学的作品，谈谈你是否同意这个论断，为什么？

IB 的考核非常强调学生须活学活用，对文学理论有基

前言

本的知识储备，并且对所学作品十分熟悉，最终在理解的基础上回答问题。这部分占 25 分。

第四部分是"学校自选作品"。这部分没有官方指定书目，可由学校自行选定，一般会有一个主题。以"城市与文学"主题为例，学生可能会学《长恨歌》与上海、《城南旧事》与北京。

这部分会要求学生就自己感兴趣的论题做一个 10~15 分钟的口头表达，评分也要考虑学生的口头表达是否运用了足够的手段（如多媒体、手势、神态等）吸引观众，占 15 分。

除此之外，高三下学期时的 5 月份统考还会考试卷一。试卷一是什么呢？学生将面对两个陌生的文本，一首诗和一篇现代文小说或散文，选择其一，然后撰写论文进行全方位评析。这个考试形式上有点类似中考的阅读分析，要抓到文本的主旨，鉴赏其中的文学手法，但内核还是有所不同，考官期待看到学生的深度解析和个性化批评（能读出其他同学读不出的意味）。试卷一的成绩占 20 分。

二、《青蛙王子》并没有看起来这么简单

IBDP 被公认为全球最难的高中课程，或许和大家关于国际课程的中文课程很简单的印象恰恰相反，IB 中文的课程要求简直堪比大学中文系一年级的难度要求，这也是 IB 高水平的学科成绩可以抵掉国外大学基础课学分的原因。

但是，在多年的教学经验中，我很少看到学生"知难而退"，反而看到这些挑战激发了他们的求知欲。这主要和 IB 中文的核心课程理念有关：**我们没有参考答案，只要学生言之有理，无论他的答案是什么！**

我们的课堂上有一句名言，来自法国著名的文学批评家罗兰·巴尔特：作品完成，作者已死。也就是说，如果学生得出一个和权威观点截然不同的结论，只要他能够找到充分的文本证据说服同学和老师，他的观点就必须得到认可。

口说无凭，我以大家耳熟能详的故事《青蛙王子》为例，看看 IB 中文课和传统语文课的学习理念究竟差别在哪里。

这个故事有多个版本，我不知道大家最初读的是哪个

前　言

版本，我儿时读到的版本是这样的：

> 国王有好几位公主，每个公主都很美，但她们中最小的公主最美。她最喜爱的游戏是到森林的一口水井边，把一只金色的球抛起来再接住。
>
> 但是有一天，她把这只球抛起来后，哎呀，糟糕！球掉落到井边，接着一滚，掉到井里去了。小公主眼巴巴看着心爱的金球掉下去，无能为力，于是就伤心地哭起来。
>
> 就在这时，有个声音对她说："什么事让您这么伤心，小公主？"
>
> 她扭头去看谁在说话，一瞅，发现是只丑陋的青蛙。
>
> 小公主把发生的事情告诉了青蛙。青蛙说："没关系，我可以帮您把球找回来。但是您如何报答我呢？"
>
> "您要什么报答都可以，衣服、珠宝、头上的王冠，都可以！"小公主说。
>
> 青蛙说："这些我都不要。但是如果您愿意把我当作您的同伴，亲吻我一下，那我就潜入水底，替您把金球拿上来。"

之后的故事大家都知道，青蛙把金球取回来，小公主本来捡起金球就要走的，但是在青蛙的恳求下，公主弯下腰，在这个滑唧唧的动物的脸蛋上亲了一下。一瞬间，青蛙变成王子，而后，王子和公主结了婚，永远幸福地生活在一起。

我想问大家，如果让你总结这个故事的主旨或中心思想，你会得出什么结论？或者说，如果这是一篇传统语文考试的阅读分析试卷，最后一道试题问你：为什么小公主最终能够得到王子的爱（美好的结局）？你将如何作答？

答案很明显，因为小公主善良、守信。

我们会得到单一的结论，对这一题来说，这就是参考答案。这个结论存在什么问题呢？这里至少有两个基本的问题：(1)这个版本是经过后人改动并简化的，我们刚才得到的非常明确的道德教谕就是后人加进去的；(2)孩子们不需要长很大，就会说"童话都是骗人的"，意思不仅是生活中不一定总有美好的结局，更是指我们得到的这些单一的结论往往不是现实。童话教会我们，善良、守信的小公主一定会嫁给英俊的王子，或者通俗地说，好人有好报，但现实常常与此背道而驰。那么，既然好人不一定有好报，我们就不要去做好人？当然不是。所以，这个单一的结论

前言

实际上在教我们功利地看待道德。时间会教会我们，做好人不是为了获得报酬，相反，做一个好人比得到任何报酬更重要。

这是我个人对提供单一参考答案的试题所持的一些保留看法。那么IB中文的思维会如何看待《青蛙王子》这个文本呢？

首先，作为一名IB教师，我知道刚才的这个版本不是收录在《格林童话》里的最终版本，所以我会建议学生去阅读格林兄弟整理的版本，寻找两个版本的差异。说到这里，想必大家很好奇，格林兄弟整理的版本和刚才我所叙述的那个版本究竟有什么不一样呢？

仍然是国王最美丽的小公主，仍然是她每天都去井边玩她的金球，金球掉落到井里，青蛙为她捡回来，到这里几乎都一致。

只是，青蛙提出的交换条件不是要公主亲吻它，而是"要是您喜欢我，让我做您的好朋友，我们一起游戏，吃饭的时候让我和您同坐一张餐桌，用您的小金碟子吃东西，

文学经典怎么读

用您的小高脚杯饮酒，晚上还让我睡在您的小床上，要是您答应所有这一切的话，我就潜到水潭里去，把您的金球捞出来"。

公主当然答应了，可是在青蛙把球寻回给她后，公主把之前的许诺忘得一干二净，拿了球就往家跑。

青蛙跟在她身后大喊："别跑，别跑，带上我呀，我可跑不了您这么快！"

但公主不理睬他，一回家，完全把青蛙抛在脑后。

之后的故事是这样的：

> 第二天，小公主跟国王和大臣们刚刚坐上餐桌，才开始用她的小金碟进餐，突然听见啪啦啪啦的声音。随着声响，有个什么东西顺着大理石台阶往上跳，到了门口时，便一边敲门一边大声嚷嚷："小公主，快开门！"听到喊声，小公主急忙跑到门口，想看看是谁在门外喊叫。打开门一看，原来是那只青蛙，正蹲在门前。小公主见是青蛙，猛然把门关上，转身赶紧回到座位，心里害怕极了。国王发现小公主一副心慌意乱的样

前　言

子，就问她："孩子，你怎么会吓成这个样子？该不是门外有个巨人要把你抓走吧？"

"啊，不是的，"小公主回答说，"不是什么巨人，而是一只讨厌的青蛙。"

"青蛙想找你做什么呢？"

"唉！我的好爸爸，昨天，我到森林里去了。坐在水潭边上玩的时候，金球掉到水潭里去了，于是我就哭了。我哭得很伤心，青蛙就替我把金球捞了上来。因为青蛙请求我做他的朋友，我就答应了。可是我压根儿没有想到，他会从水潭里爬出来，爬这么远的路到这儿来。现在他就在门外呢，想要上咱这儿来。"正说着话的当儿，又听见了敲门声，接着是大声的喊叫："小公主啊我的爱，快点儿把门打开！爱您的人已到来，快点儿把门打开！您不会忘记昨天，老椴树下水潭边，潭水深深球不见，是您亲口许诺言。"

国王听了之后对小公主说，"你决不能言而无信，快去开门让他进来。"小公主走过去把门打开，青蛙蹦蹦跳跳地进了门，然后跟着小公主来到座位前，接着大声叫道："把我抱到您身旁呀！"

小公主听了吓得发抖，国王却吩咐她照青蛙说的去做。

青蛙被放在了椅子上,可心里不太高兴,想到桌子上去。上了桌子之后又说:"把您的小金碟子推过来一点儿好吗?这样我们就可以一块儿吃啦。"显然,小公主很不情愿这么做,可她还是把金碟子推了过去。青蛙吃得津津有味,可小公主却一点儿胃口都没有。终于,青蛙开口说:"我已经吃饱了。现在我有点累了,请把我抱到您的小卧室去,铺好您的缎子被盖,然后我们就寝吧。"

小公主害怕这只冷冰冰的青蛙,连碰都不敢碰一下。一听他要在自己整洁漂亮的小床上睡觉,就哭了起来。

国王见小公主这个样子,就生气地对她说:"在我们困难的时候帮助过我们的人,不论他是谁,过后都不应当受到鄙视。"

于是,小公主用两只纤秀的手指把青蛙挟起来,带着他上了楼,把他放在卧室的一个角落里。可是她刚刚在床上躺下,青蛙就爬到床边对她说:"我累了,我也想在床上睡觉。请把我抱上来,要不然我就告诉您父亲。"

一听这话,小公主勃然大怒,一把抓起青蛙,朝墙上死劲儿摔去。

"现在你想睡就去睡吧,你这个丑陋的讨厌鬼!"

前　言

　　谁知他一落地,已不再是什么青蛙,却一下子变成了一位王子:一位两眼炯炯有神、满面笑容的王子。直到这时候,王子才告诉小公主,原来他被一个狠毒的巫婆施了魔法,除了小公主以外,谁也不能把他从魔法中解救出来。于是,遵照国王的旨意,他成为小公主亲密的朋友和伴侣,明天,他们将一道返回他的王国。第二天早上,太阳爬上山的时候,一辆八匹马拉的大马车已停在了门前,马头上都插着洁白的羽毛,一晃一晃的,马身上套着金光闪闪的马具。车后边站着王子的仆人——忠心耿耿的亨利。亨利在主人被变成一只青蛙之后,悲痛欲绝,于是他在自己的胸口套上了三个铁箍,免得他的心因为悲伤而破碎了。

　　马车来接年轻的王子回他的王国去。忠心耿耿的亨利扶着他的主人和王妃上了车厢,然后自己又站到了车后边去。他们上路后刚走了不远,突然听见噼里啪啦的响声,好像有什么东西断裂了。路上,噼里啪啦声响了一次又一次,每次王子和王妃听见响声,都以为是车上的什么东西坏了。其实不然,忠心耿耿的亨利见主人是那么地幸福,因而欣喜若狂,于是那几个铁箍就从他的胸口上一个接一个地崩掉了。

　　读完以后,不难发现《格林童话》里这个稍微复杂一

文学经典怎么读

些的版本和先前那个简化的版本存在本质上的差异：前面那个故事是公主的一个吻解除了巫婆的诅咒；后面那个故事是一个暴力行为解除了诅咒。我们不难理解前面那个行为的寓意：爱可以解除诅咒。但是对于后面那个故事，我们要如何解释呢？小公主明明言而无信，甚至忘恩负义，这么糟糕的人，怎么还能得到王子的爱呢？

为了解答这个疑问，需要对后面那个文本进行细读，我们会看到故事的进展中青蛙有这样一些诉求：

（1）让我做您的好朋友。
（2）让我进门。
（3）让我和您一同用餐。
（4）让我睡在您干净整洁的小床上。

这些诉求有什么暗示？西方有专门研究《格林童话》的学者指出：这里暗指婚姻的进程。

文本中还有什么细节支持这个结论？我们来看小公主邂逅青蛙的场景，小公主在玩金球。什么年龄段的人会沉浸于这类游戏？孩子。

前　言

所以，这里可以产生另一种解读，即国王最小的公主眼看已经到了适婚的年龄，但还是沉溺于孩童阶段，不愿离开父母，走向独立。

如果我们以这个解读作为前提，那么青蛙的丑陋可以解释为：在小公主眼中，独立生活是可怕的，婚姻和丈夫都是让她恐惧的对象。按照这个逻辑，我们如何解释最后的结局——把青蛙扔出去反而让青蛙变成了王子呢？

大家记不记得小公主父亲的指令是什么？

"你决不能言而无信""在我们困难的时候帮助过我们的人，不论他是谁，过后都不应当受到鄙视。"是小公主的父亲要求她让青蛙进门，和她一同用餐，进入她的卧房。青蛙最后要求睡到小公主的床上也是以"要不然我就告诉您父亲"作为要挟。在这个意义上，把青蛙"朝墙上死劲儿摔去"是故事中小公主首次违反父亲的指令，而执行自己的意愿，也就是对父亲说"不"的行为，意味着成长和独立，也因为如此，她不再恐惧婚姻和丈夫（青蛙变王子）。

三、IB思维：不断发现问题并解决问题

我们已经得到一个完全不同的看待文本的角度。同时，结论有着扎实的文本细节作为支撑，所以完全可以被采纳，这也就是我前面所说，言之成理，结论就可以接受。但是，IB的课堂上文本是开放的，学生仍然可以表达对这个解释的不满，比如，有学生可能会感到这个父亲的教谕在故事里显得很生硬，又或者，最后那个大团圆结局也显得很牵强。

如果你也有类似的直觉，我首先想说的是，你的直觉高度准确。确实，在格林兄弟搜集并整理民间故事的过程中，小公主父亲的这些教谕是他们添加上去的，原来的故事里没有。或许大家听说过《格林童话》中的故事在民间的原始版本更像"黑童话"，是格林兄弟加上了道德教育，甚至他们的宗教观，"净化"了这些"黑暗"的部分。比如说，在《白雪公主与七个小矮人》的故事里，为了彰显白雪公主是个好孩子，格林兄弟会加上白雪公主在睡觉前还专门读了一会儿《圣经》的情节。

那么，现在我们陷入了另一个麻烦：假如父亲的指令

前　言

没有了，结局还是小公主把青蛙摔到墙上，那么，青蛙变王子，我们要如何解释呢？

如果我们发现文本本身无法给出答案，我们要做的就是探寻文本的外延——故事产生的时代和地域。有学者指出，在这些民间故事广为流传的时候，欧洲遍布饥荒和瘟疫，平民的生活境遇非常凄惨，朝不保夕。正是因为现实中没有希望，大家才更渴望在精神上寻找慰藉，编织希望。这个现象不难理解，20 世纪 90 年代曾是周星驰电影的全盛年代，他的电影中充满"无厘头搞笑"，看多了以后，可以看到重复的技巧在不同电影里使用，比如找男演员挖鼻孔扮丑女，周星驰仰起头"哈哈哈哈"的爽朗笑声，等等，为什么这些元素香港的观众百看不厌呢？有学者分析是因为香港的生活节奏快，工作压力大，所以年轻人下了班只想看一些简单轻松又可以博他们一笑的东西，也是这些人构成了香港电影市场的核心观众，因而促成了周星驰的成功。当时欧洲的这些民间故事也一样，虽然重复着王子和公主被巫婆施魔法的套路，也重复着王子和公主永远幸福地生活在一起的结局，但因为故事的听众眼前有无尽的苦难，所以这些故事提供给他们一个信号：眼前的困难只是

文学经典怎么读

暂时的,美好的未来指日可待。

那么到这里,我们有没有穷尽对这个文本的解读呢?没有。大家可以思考,比方说,如果从青蛙的角度看这个故事,又可以读出什么来呢?这是IB中文和传统语文的一个主要区别,IB课堂不再鼓励学生得到一个单一的结论,而是希望学生永远能找到新的解读角度,以此启发学生在不断探究的过程中发现问题并解决问题。这个学习过程还传达给学生一个重要的讯息:你的解决方案不一定是完美的,也不是唯一的,所以你要永远保持学习新知识的热情。并且,学生还会感慨,求知的过程远比求到的答案更丰富,也更有趣。

目　录

1 | 第一篇
古典的趣味

第 1 讲　能背不一定能懂：谈唐诗的品读方法 / 2
第 2 讲　文学在细处发生：被中学课本忽略的《世说新语》深意 / 26
第 3 讲　从字里行间探寻"文心"：《史记》的另类解读 / 49

77 | 第二篇
现代文实验

第 4 讲　破解现代诗的路径：我们试读几首好诗 / 78
第 5 讲　比喻的世界：谈张爱玲《第一炉香》与《金锁记》/ 104
第 6 讲　叙事的艺术：谈莫言的《红高粱》/ 125
第 7 讲　比较文学在中学课堂的尝试：《毛利先生》与《孔乙己》/ 144

167 | 第三篇
异域之魅

第 8 讲　从源头涉猎西方文明：谈古希腊文化 / 168
第 9 讲　亲吻头颅的变奏：从文艺复兴到现代派的审美转变 / 188
第 10 讲　长篇小说的结构艺术：读陀思妥耶夫斯基《罪与罚》/ 217
第 11 讲　和年轻的学生聊聊爱情：谈马尔克斯《霍乱时期的爱情》/ 239

261 | 第四篇
跨媒介解读的尝试

第 12 讲　小说和电影的审美差异：谈两个《色，戒》/ 262

283 | 附录
推荐书单

文学经典怎么读
从IB中文到批判性阅读

第一篇

古典的趣味

第1讲　能背不一定能懂：谈唐诗的品读方法

一、诗的美学标准：从《枫桥夜泊》谈起

我们中国人小时候大概没有不背唐诗的，在尚未识字或者刚刚识字的时候就把一句句唐诗背得滚瓜烂熟，而对唐诗的意思则不求甚解。我个人认为这个方法实在是好极了，不需要先明白意思，先把唐诗记在心里，而后有一天，抵达人生的某个阶段，你眼前的景致或者情感自然会引发和诗人心有灵犀的瞬间，这个时候你就会忽然明白那首诗的深意，而你明白的那层深意也反过来丰润了你眼前的景致和人生。

传统语文课里，古文的大部分比重落在古诗鉴赏上。本来背诵、默写、理解都是学习古诗的必经之路，无可厚非，只是很多时候为了应付考试，语文老师会为学生预备很多答题的套路。如果是写晚春的诗或者写秋天的诗，那必定是惜春或者悲秋；如果是离别诗，一定是惜别。还有很多可以翻来覆去用的借景抒情、借古喻今之类。如果学生的脑海之中只装了这些，那着实可惜，他和唐诗的真意注定将貌合神离。

第一篇 古典的趣味

我们先读一首大家都非常熟悉的唐诗，张继的《枫桥夜泊》。拿破仑的男仆眼里没有英雄，因为太熟悉。让大家直接谈为什么这首诗长久以来为人赞赏，反而显得很困难，所以我从沈祖棻先生那里得来了灵感，将《枫桥夜泊》和张祜的《题金陵渡》放在一起，用比较的方式让大家看到诗作之间的高下之分。这两首诗分别是：

枫桥夜泊
张继

月落乌啼霜满天，江枫渔火对愁眠。
姑苏城外寒山寺，夜半钟声到客船。

题金陵渡
张祜

金陵津渡小山楼，一宿行人自可愁。
潮落夜江斜月里，两三星火是瓜州。

我刚才让大家判断高下优劣，答案很容易猜到，当然是张继的作品为上乘之作。为什么？张祜的这首诗大家之前听到过吗？没有，或许诗人的名字也很陌生。也就是说，张继的诗作流传度远高于张祜。不过，就算知道《枫桥夜泊》更好也没有解答问题的关键——你真的能读出为什么前者比后者高妙吗？

之所以选这两首诗相互参照，首先在于两首诗的主题相近，写法也相近。不过倘若翻译成白话来理解，会发现两首诗在内容的充实性上差异极大，但这样说也流于空泛。为方便对照，我把张继的名作按照张祜诗的内在逻辑顺序作了调整，变成这样：

> 姑苏城外寒山寺，江枫渔火对愁眠。
> 月落乌啼霜满天，夜半钟声到客船。

我改换的理由是，这样两首诗在结构上就完全一一对应了：首句点明地点；第二句点明事件，两个诗人经历的事件很相似，说穿了就是失眠，可能和我们今人一样，出门在外，因为认床的缘故睡不着；第三句写景；末句是事件的延伸，什么延伸呢？就是诗人思前想后，更加睡不着了。

我们姑且先把调整过顺序的《枫桥夜泊》拿来和《题金陵渡》作个比较，假想这是一场作诗大赛，每一句

第一篇　古典的趣味

就是一个回合,我们就是评审,看看这两位诗人各赢几个回合。

首句似乎差异最小,都是点明地点,只是"寒山寺"这个地名显然有点讨巧,因为有"寒"字在,似乎暗示夜里失眠后寒意袭人,对不对?"小山楼"就没有这层感官的体验了。不过考虑到这个地名多少有点赖皮的意思,暂且不算。这一句,两位诗人打平。

第二句的意思都是夜不成寐,我们看看谁的表达更好。

张祜的"一宿行人自可愁"翻译成大白话,大概就是:一晚上,这个旅客呀,自己因为哀愁,睡不着觉。这并没有落入俗套,因为至少给读者留了个悬念,我们不知道诗人为何愁,只知道他因为愁而睡不着,想来这愁思必是深重的。

再来看同样表达辗转反侧意味的张继的诗句——"江枫渔火对愁眠"。

不用我说,大家都能感觉到高下立判。因为张继不仅表达了"我是因为绵延的愁思而睡不着",而且还把这个诗人"我"暗藏起来。藏在哪里？藏在"我"晚上睡不着，眼睁睁看到的江枫渔火之中。大家想必听说过一个关于福尔摩斯和华生的笑话。两人一同去郊游，晚上在郊外搭帐篷。到了半夜，福尔摩斯突然把华生推醒，说："看到天上的星星，你想到了什么？"华生一本正经地回答道："这些天上的星星，可能有的星星上面有水，有生命。"福尔摩斯皱了皱眉，说："傻瓜，你难道没发现我们的帐篷被偷了吗？"这个笑话的幽默就在于福尔摩斯没有直接点明帐篷被偷，而是把这个事实藏在眼前看到的景致（"天上的星星"）里。文学的发生往往在于委婉、含蓄，或用文学的术语说，是对直接经验的"陌生化"处理。

所以，这首诗里张继也是在做和福尔摩斯一样的事情，看到了江枫和渔火，你想到了什么？我们不能像华生一样傻乎乎地说这些夜景真美啊，不然张继一定被气得从坟墓里跳出来说："傻瓜，你难道没发现我睡不着吗？"实际上，这里的"江枫渔火"就是唐诗中非常重视的"象外之意"。所谓"象外之意"，指的是在诗歌有限的形象外通过联想得到拓展的诗人的姿态和情感。

第一篇 古典的趣味

比如在这里，有限的形象是江枫、是渔火，拓展的诗人姿态是，这个人夜不能寐，正在百无聊赖地看着那江枫、那渔火。

再举个例子。

> **长相思（其一）**
>
> 李白
>
> 络纬秋啼金井阑，微霜凄凄簟色寒。
> 孤灯不明思欲绝，卷帷望月空长叹。

这首《长相思》写了一个在长安的思妇对她远在塞外的丈夫的思念。我们看"孤灯不明思欲绝"这句，此处只有一个意象——孤灯。唐朝的时候，家中用的灯有点像我们或许在电影里见到过的煤油灯。这种灯有这样一个特点：燃过的灯芯如果长了就需要剪一下，不然灯就不够明亮。我们就着这个背景再回到该句，可以得到"象外之意"——这个思妇因为丈夫不在身边，就算灯不亮了，她也懒得去剪，因为剪不剪都一样，丈夫不会回来，她仍旧是孤零零一个。其实这里引的前两句也有象外之意。大家可特别关注"簟色寒"这三个字，"簟"是竹席的意思，这是什么季节了？秋天。因为李白写得很清楚，"络纬秋啼"（顺便说一句，"络纬"就是我们俗称的"纺织娘"），而且这个秋天不是我们平时说的闷热如夏天的"秋老虎"，而是凉飕飕的，因为有"微霜凄凄"作为提示，也就是说，日子已经逐渐进入深秋。那么为什么诗中的这个妇人还不更换榻上的竹席呢？和"孤灯不明思欲绝"一个道理，换了又有什么意义？反正丈夫也不会回来，被窝还是一样地冷，还不如就这样，随它去吧。此处后面得到的推断都是"簟色寒"的"象外之意"。

回到张继的诗句，我们已经发现这句话写得好极了，但还不仅如此，再看这三个字——"对愁眠"。

"对"的意思是相对、面对。我们仔细研究相对的双方，一方是具体的江枫渔火，另一方是抽象的愁，这样一并举，抽象的愁就变得很具体，像江枫、渔火那些形象一样充实。

我的结论也许跳得太快，没关系，我再引几句李白的诗作为补充。

第一篇 古典的趣味

独坐敬亭山

李白

众鸟高飞尽,孤云独去闲。

相看两不厌,只有敬亭山。

月下独酌

李白

花间一壶酒,独酌无相亲。

举杯邀明月,对影成三人。

《独坐敬亭山》中有"相看两不厌,只有敬亭山",既然是"相看",必定有"相看"的双方,我们都知道就是李白和敬亭山。"厌"的意思是满足,也就是说,李白长久地凝视着敬亭山,而后发现山也在温情脉脉地看着自己。我们很容易发现这里将山拟人化了,同时李白的形象也高大起来,成了连山也要依恋的对象。我们常常能在李白的诗作中感受到其豪迈、潇洒的气度,这和他常将自己与自然万物并举不无无系。

又如《月下独酌》,他和明月、和自己的影子对饮,这是何等地气宇轩昂。所以,诗中的"对"和"相"就

文学经典怎么读

好比为相对的双方之间画一个等号,让读者注意到他们之间的相近而非相异。这就是我为什么说"江枫渔火对愁眠"这句中,因为一个"对"字,抽象和具体相互流动。

当"愁"变得宛若"江枫渔火"那样可见可感,就显得更为浓稠,化也化不开——诗人不仅睡不着,而且还和失眠时看到的那些景致一样,切切实实地存在于世,时刻提醒自己是个失眠的人。

这一句,张继是不是完胜?

第三句,张祜写的是"潮落夜江斜月里"。挺好的,有静态,也有动态,有个动词"落"。我们再比较一下张继的"月落乌啼霜满天"。

静态,动态,他的诗中也都有,也有一个"落"字。张祜有"斜月",他有"霜满天"。除此之外,他还有什么?是的,他还有"乌啼"。"乌啼"是这里很重要的形象,正因为"乌啼"的存在,张继笔下的景不仅仅有了视觉,还有了听觉。如果大家有过半夜醒来难以再次入睡的经验,

第一篇　古典的趣味

就会知道人的听觉到了深夜会更加敏锐，倘若睡不着，再细小的声音也似乎被放大了好几倍，搅扰着自己的清梦。从这个生活经验来看，诗人已经睡不着了，乌鸦还叫得这么响，这么恼人——该死的乌鸦，你还让不让人睡了？

如果深究，实际上"斜月里"与"霜满天"也有一定的差距，不仅在于张继强调了霜的动态，"满"在此作为动词，而且霜可以引起人的肌肤感觉，霜是有寒意的。

瞧，这些景致都很冷，月落，乌啼，再加上霜满天，所以我才说前面寒山寺这个地名虽有取巧的嫌疑，但也是呼应。寒山寺这地方似乎真是名副其实，寒意逼人。

视觉、听觉、感觉，都有了。张祜的诗与之一比就显得很平淡了。

最末一句，张祜的是"两三星火是瓜州"。张祜写这首诗时所在的地点是镇江，而瓜州则是对面的一片沙洲。晚上醒着时朦胧间看到的星火，知道是隔江相望的一片沙洲，这其实挺不错的，但诗人之间的较量太残酷了，跟张继一比,似乎又落了下风。因为张继早在"江枫渔火对愁眠"里就把这个意思涵盖掉了,对不对?

那么张继的最后一句是什么呢?"夜半钟声到客船"。

这句诗怎么解?又是声音,"我"已经被乌鸦烦人的叫声吵得睡不着觉了,现在竟然还传来钟声!是不是要逼"我"发疯?而且除了钟声,还有什么?

"客船"。

"客船"这个意象很值得玩味。张继是什么身份?他也是客啊。"客船"的抵达提醒了他"独在异乡为异客"的身份,那番孤寂的愁绪就更深了。这层意思在张祜的诗句里是用直白的"行人"挑明,诗歌贵曲,大白话一出,诗意就消解掉了。

有一段时间网络上流行一个段子,说的是三人吟诗。

青年一:床前明月光,疑似地上霜。

青年二:你站在桥上看风景,看风景的人在楼上看你,明月装饰了你的窗子,你装饰了别人的梦。

第一篇　古典的趣味

青年三：大海啊！全是水！马儿啊！四条腿！美女啊！你说你多美，鼻子下面居然长着嘴！

如果我们比较一下三者，会知道青年一吟的诗没有问题，只是连小孩子都知道，显然是太"普通"了，而青年三的那首就是所谓的大白话了，不仅太过直白，还都是常识，被他一呼喊，好像连这么寻常的事实都不知道一样，因而此诗一出，贻笑大方。

话说回来，我们儿时读到的唐诗都是极好的诗，而今，我希望大家能停下来想一想这些熟悉的诗歌好在哪里，这样你会从你熟悉的唐诗中学到很多东西。

到这里其实还没有结束，我刚才是将调整过顺序的《枫桥夜泊》和《题金陵渡》做对比，而张继的这首诗之所以千古传诵，还在于他改变了传统唐诗的结构。

传统的唐诗结构大略遵循这样的写法，第一、二句点明人物、地点、事件（即点题），第三、四句写景，作为事件和情感的延伸。

我以两首赠别诗为例。

送孟浩然之广陵

李白

故人西辞黄鹤楼,烟花三月下扬州。

孤帆远影碧空尽,唯见长江天际流。

出塞(二首选一)

王昌龄

秦时明月汉时关,万里长征人未还。

但使龙城飞将在,不教胡马度阴山。

这样的例子不胜枚举,都是按传统的写法写的。并不是说传统的结构写不出好诗,相反,以上两首都是好诗。不过,有时候把传统的结构改掉,诗歌会焕发出别样的光彩。

我们来看《枫桥夜泊》的诗句顺序:"月落乌啼霜满天,江枫渔火对愁眠。姑苏城外寒山寺,夜半钟声到客船。"

头两句先渲染了夜不成寐后的所见所闻所感,诗境凄清、孤寂。正因如此,到了"姑苏城外寒山寺"这句看似最普通的点明地点的诗句,仿佛也变得蕴藏深意,"寒山

第一篇 古典的趣味

寺"早就和前面的凄清景象融合在一起,末句更是雪上加霜,提醒自己是个外乡人,自己在这里没有家——啊,这一宿真是睡不着了。

二、用你的体温丈量典故:谈怀古诗怎么读

趁着《枫桥夜泊》引起的兴致,我们沿着传统诗歌的脉络再讲几首,以下这首或许大家有些陌生:

> **越中览古**
> 李白
> 越王勾践破吴归,义士还乡尽锦衣。
> 宫女如花满春殿,只今惟有鹧鸪飞。

这是一首怀古诗,比起普通的写景抒情诗作略微难理解一点,主要在于其文化背景。

不知道大家有没有听过越王勾践卧薪尝胆的故事。春秋时代,吴越争霸,吴王夫差曾经大败越王勾践,迫使后者屈辱求和,方才放回。回国之后勾践励精图治,在自己的房中吊一颗苦胆,每当饮食前都要先尝一下苦胆的滋味,提醒自己勿忘耻辱,这就是所谓的"尝胆"。《史记》中只

记载了"尝胆","卧薪"可能是后世的大文豪苏东坡的借题发挥。大约二十年后,越王勾践灭吴,成为春秋时代最后的霸主。

了解了这个背景,我们来读这首诗。

"义士还乡尽锦衣","义士",就是越国的那些战士,"锦衣"是什么呢?就是华美的衣服,我们现在还常用"织锦""锦绣"这样的词,还有我们都听说过的明代的"锦衣卫"。由于锦衣也是上乘的华美制服,因而这句话包含了以下两层意思:

(1)战士被论功行赏。

(2)迎来了太平盛世,战士不用再穿铁甲,而可以穿锦衣了。

"宫女如花满春殿",宫殿里满是如花似玉的美人。这里的"春殿"就是宫殿,为何要用"春殿"这个提法呢?因为"花"与"春"呼应,诗句可以更显协调。

首句一直到第三句都在写越王勾践破吴后凯旋的情景,但到了末句,"只今惟有鹧鸪飞",急转直下,越王的宫殿

第一篇　古典的趣味

现在还留下什么呢？千秋万代，盛世基业，什么都没有了，只有几只鹧鸪在城楼上飞来飞去。

岔开一句，我们读唐诗，经常会读到旧城楼上鸟雀飞这种场景。如果大家有去过北京的故宫，或者前门，尤其是在傍晚时分，会看到旧城楼上满是鸟雀，成群结队，堪比希区柯克的惊悚电影《群鸟》中的场景，它们或是歇息，或是绕梁，似乎真的很喜欢盘旋在旧城楼上。这可能有生物学上的道理，我并不明白，然而诗人笔下的观察是符合我们的生活经验的。

我们说最后一句才使诗歌的主基调突变，然而，读到此，我们才意识到其实危机早就埋藏在前面了，比如"宫女如花满春殿"，曾经卧薪尝胆的越王勾践，现在估计不仅苦胆早就处理了，而且整天花天酒地，作为一国之君，他若不再励精图治，确实会使国家危在旦夕。

我们在前面介绍过了，唐诗一般是有传统的内在逻辑顺序的，这个顺序是，前两句直叙，后两句转折。比如《乌衣巷》：

乌衣巷

刘禹锡

朱雀桥边野草花,乌衣巷口夕阳斜。
旧时王谢堂前燕,飞入寻常百姓家。

前两句写景,后两句转折。而李白这首《越中览古》别出心裁的地方在于,前三句语意一直顺承下来,到了末句来个180度大转折,而后戛然而止。这种写法大概只有李白这种天才式的诗人才能挥洒自如。

这种突转,唐诗里有个专门的术语,叫作"反跌"。

刚才说到景象都这么美好,突然转到现实当中,空空如也。这就是反跌。我们平时有个说法叫"大跌眼镜",引起的情感和这个类似。

中学语文课本里收录李白的《梦游天姥吟留别》,诗很长,而且诗境复杂难解,背诵起来颇有难度,我读中学时和不少同学一样,对之深恶痛绝。以此举例,看其中"反跌"的运用。

第一篇　古典的趣味

> **梦游天姥吟留别**
>
> 李白
>
> …………
>
> 青冥浩荡不见底，日月照耀金银台。
> 霓为衣兮风为马，云之君兮纷纷而来下。
> 虎鼓瑟兮鸾回车，仙之人兮列如麻。
> 忽魂悸以魄动，恍惊起而长嗟。
> 惟觉时之枕席，失向来之烟霞。
>
> …………

简单来讲，前面都是李白的梦境，他做梦梦见自己登天姥山。李白这个人呢，我们知道，不喜欢尘世的束缚，用今天的话来说喜欢走"野路子"。早年写有《侠客行》，诗里有"十步杀一人，千里不留行。事了拂衣去，深藏身与名。"结交新朋友的时候免不了自我介绍，他的自我介绍是"曾手刃数人"（我曾经亲手解决过几个人），别人一听，就知道这个人是个怪人，当然，能够与之结交的莫逆好友也需要有点侠客的气度，不然道不同不相为谋。他渴望成为一代名臣，辅佐君王，但科举这条路太慢，他要走终南捷径，希望直接得到伯乐的赏识和提拔。而后我们知道，唐玄宗确实听闻了他

文学经典怎么读

的名声，把他接进了翰林院，然而李白的狂放姿态不改，民间一直流传着"力士脱靴，贵妃磨墨"的八卦。换一个角度看，我们也会发现这个人并不适合当官。天子身边阿谀奉承的人很多，难得看见这么一个放荡不羁的人，倍感新鲜。然而新鲜感一过，官场又满布尔虞我诈的陷阱，加之李白的政治才能或许没有他预期的这么高（看之后李白入永王幕府背上了谋反的罪名便知），最终玄宗还是给足了李白面子，将他"赐金放还"。这之后，李白诗作里的"寻仙访道"就多了一层苦闷愤怨的滋味。

在梦境的高潮中，百转千回之后，他终于登顶，眼前出现万丈光芒，看到霓裳羽衣的仙人乘风而下，统统下凡来迎接他，他仿佛终于盼到了成仙的那一刻！

然而就在这一刻，梦醒了，梦醒之后看到了什么呢？

"惟觉时之枕席，失向来之烟霞。"就看到枕头和席子，刚才那如梦如幻的烟霞都无处寻觅了。我们可以从两方面来体会诗人的情感：一方面，长安那段步入"人生巅峰"的经历确实给诗人带来了伤害，似乎李白离他对自己的期许（"申管晏之谈，谋帝王之术，奋其智能，愿为辅弼。使

第一篇　古典的趣味

寰区大定，海县清一"）近在咫尺，却最终失意而返。当然，从李白的诗作来看，他或许并未直视自身的短处，而更多地将自己的挫折归结于官场险恶。这种从人生巅峰"跌落"的失意和诗境中的"反跌"高度贴合，但李白毕竟是李白，他还是有他自己的进退自如。他以"寻仙访道"作为对"攀登仕途"的"化妆"，意思是，才不是你天子把我驱逐出朝廷，而是老子我更喜欢自由，喜欢开心。所以末句"安能摧眉折腰事权贵，使我不得开心颜"才成为千古名句，因其足以慰藉所有仕途蹭蹬、遭受屈辱的后生。

三、读通才能防止误读：你真的理解"葡萄美酒夜光杯"吗？

我们再看一首小孩子牙牙学语的时候就能背的诗：

> **凉州词**
>
> **王翰**
>
> 葡萄美酒夜光杯，欲饮琵琶马上催。
> 醉卧沙场君莫笑，古来征战几人回？

虽然都能背，但不知道大家能不能体会这里边的凄怆？

这是一首唐诗中常见的边塞诗，其推陈出新之处在于，不是一上来就直接点明战争，而是写饮酒。

今天"葡萄美酒"不稀奇，但在唐朝，葡萄美酒是西域的特产，所以这句话就是告诉读者诗人远在塞外。这有点类似我们今天在微信"朋友圈"发自己的旅游照片，比如说，发一张西班牙海鲜饭的照片，然后配一段矫情的文字："正宗的西班牙海鲜饭居然是夹生的，难吃死了，幸好有阳光和海滩！"这个意思不一定是西班牙海鲜饭真的不好吃，而是："老子现在在西班牙度假，羡慕吧？"

"夜光杯"其实是虚指。夜光杯是传说中的酒具，入夜发光，常见于各种武侠小说和周星驰等人的电影。盛唐虽然富庶，但也没有富庶到给塞外的战士每人发一只夜光杯，让他们在打仗的间隙慢悠悠地小酌葡萄酒。这种写法是唐诗中常见的基于艺术的要求而加以夸饰，《文心雕龙》称之为"因情敷采"。还是用我个人偏爱的李白的诗举例：

襄阳歌

李白

鸬鹚杓，鹦鹉杯。

百年三万六千日，一日须倾三百杯。

第一篇　古典的趣味

这里"鸬鹚杓，鹦鹉杯"也是虚指，是李白对酒的夸饰，通过对饮酒器皿的赞美，来达到赞美饮酒、增加豪情的效果。还是用微信"朋友圈"的例子，比如你要发一张自己在高档餐厅拗造型的照片，如果盘子难看，桌子缺角，那都有损于你的气度，唐人也一样，讲究"摆盘"的景致。

"欲饮琵琶马上催"，意思是刚要准备饮酒，马上的军队已经弹起琵琶，催促将士出发了。古时候打仗要奏军乐的，中学语文课本里有《曹刿论战》，说"一鼓作气，再而衰，三而竭"，这里讲的就是古代打仗的仪式，击鼓表示前进，鸣金表示后退，所以击鼓的意思就类似于我们今天运动会上对参加接力赛跑的队员喊"冲啊"，必须是一开始就喊"冲啊"，而且一直喊下去，绝不能先喊了一声，等到队员跑到一半，突然又喊一声"冲啊"，这样反而会干扰运动员的比赛。

《凉州词》的最后两句是这个征夫内心的联想，并不是现实，"我出发前这样痛饮，不惜冒着醉卧沙场的危险，你们一定会笑话我，但是我饮酒又何妨呢？自古以来，仗打完了，有几个人可以活着回去呢？"

文学经典怎么读

　　这个征夫其实用了一个独特的视角：第一，不是说唐朝塞外战士打仗前都在饮酒——不然就没这句"醉卧沙场君莫笑"了，而是说这个征夫恐怕命不久矣，须及时行乐；第二，提到饮酒，我们就会想到钟爱酒的诗人，譬如李白，很是豪迈，但其实这首诗里的这种感情是很沉痛的——或许他现在饮下的美酒，是他人生中最后的欢愉了。

　　诗歌贵曲，要把意思隐含得深一些，才是好诗。比如，直写悲哀，不一定使人感受到它的分量，用相反的语气写，反而更深刻。这个技巧，在诗歌、散文、小说，甚至是电影剧本里都是相通的，例如，《荷马史诗·伊利亚特》没有正面描写海伦有多美，只有这样一个场景：已经是战争的第十年，海伦登上城楼，特洛伊战士瞥见她，情不自禁地说，为这个女人打十年仗，值得。

　　又比如小津安二郎的电影《东京物语》，剧情很简单，一对老夫妻来东京探望子女，没有人愿意照顾他们，只想着把他们当皮球一样踢给其他兄弟姊妹。但是小津拍摄的重心没有落在老夫妻到处被儿女嫌弃上，反倒落在一个对他们很好的女人身上。这个人是谁呢？是他们的小儿媳。

第一篇　古典的趣味

而实际上他们的这个小儿子早已过世了，所以小儿媳和他们之间不再存有实际的亲缘关系。

小儿媳对他们比亲生儿女对他们还要好，让观众感到很温暖，但也是从那种温暖里涌出彻骨的悲哀，为什么一个外人都能如此，亲子女反而这么绝情呢？

写边塞诗也是一样的道理，如果只是直接描写累累白骨，不过是成了对苦难的渲染和消费，最终必然导致读者的厌倦甚至麻木。我们都听过祥林嫂的故事，祥林嫂死了两任丈夫，孩子被狼叼走，确实凄惨，然而因为她把这段苦难翻来覆去地对鲁镇的人诉说，最后连最慈悲的老太太也掉不出泪来。王翰高明就高明在写战士在打仗前反常的豪迈，反而会迫使读者去自行探寻原因，从而明白战争让他失去了怎样的生活。

第 2 讲　文学在细处发生：被中学课本忽略的《世说新语》深意

一、被错过的文学：重读《陈太丘与友期》

很多人不喜欢阅读文言文，多半因为一个原因：文言文不是大白话，理解起来有门槛，往往我们第一遍看的时候，完全没得出意思来，必须得像学英语那样，查词典，翻译成白话文，才能读通，麻烦极了，还是看白话来得方便。

我有一个想法，但估计其他从事教育的同行不一定同意，我觉得但凡能够让你愿意接近这些文本，无论用什么方法，都值得尝试。

比如，有的老师会要求学生必须先跟着书后的注释阅读文言文，理解了再对照白话译文，而不能直接看白话译文，再看文言文。当然，这种严格的教育更有成效。大家知道以前的书没有句读，也就是没有标点符号，老师训练的方法就是扔一本砖头般厚的《资治通鉴》给学生，要他标好句读，标完了，把标好的那本扔一边，再拿一本空白的重新标，这样读过两遍，文言文自然过关。可问题是我

第一篇　古典的趣味

们多数人不会成为国学大师，不过是业余的爱好者，然后以文言滋养自己的白话写作，所以我认为方法大可不必拘泥。

那么，有什么好办法呢？

我过去看到有人撰文回答如何训练一个抵触运动的人开始长跑，他是这么说的：先慢跑，跑到跑不动的时候就快走，但不要停下，也不要慢走，然后一感到自己精力恢复了就再跑起来，循环往复。

我跑步的时候试过，至少对我很有效，主要原因是我不会因一次精疲力竭而产生畏惧，认定这事情我做不了。

对于文言文阅读也是一样的道理。尽管去读，读不了文言文就对照白话文，读通后再尝试回到文言文，降低进入古文的门槛，这样才能入门。

此外，读文言文，不是随便什么都读，培养兴趣时要挑自己读起来觉得有意思的，如果你不喜欢山水游记，那么柳宗元写得再好对你也是折磨；如果你不喜欢徜徉历史，那么《三国志》再精彩，你也读得只想打瞌睡。所以我一

文学经典怎么读

直跟我的学生说,从你喜欢的书读起,一本书就像一粒种子,会领你到另一本书。

这一讲我"独断专行",选一本我自己特别喜欢、难度也不高的笔记小说——《世说新语》带大家入门。这本书系南朝宋刘义庆所著,主要记录的是魏晋时期名士的所言所行,类似我们今天的八卦。我知道这本书大家肯定听说过,因为中学语文课本里选过两则,一则题作"陈太丘与友期",选自《世说新语》的《方正》篇:

> 陈太丘与友期行,期日中,过中不至,太丘舍去。去后乃至。
>
> 元方时年七岁,门外戏。客问元方:"尊君在不?"答曰:"待君久不至,已去。"友人便怒曰:"非人哉!与人期行,相委而去。"元方曰:"君与家君期日中,日中不至,则是无信;对子骂父,则是无礼。"
>
> 友人惭,下车引之。元方入门,不顾。

这篇文字上没有什么难度,中学语文选择这篇的原因或许在于教导大家为人要讲信用、不能迟到之类。但是《世说新语》是本很有意思的书,记载的多是名士或其家人

第一篇　古典的趣味

的各种过人之处，如果只是说教，《世说新语》没有必要记录。那么为什么这一则会被刘义庆写进书里呢？

大家再回看一下这段文字，最关键的这段教谕是出自谁的口中？

七岁的元方。

也就是说，在这个文本中，出现了一组极大的反差，七岁的小朋友也知书达礼，这个大人却死皮赖脸，这个画面是多么地生动有趣！七岁的小屁孩跟大人顶嘴，教大人识礼。我们中国人自古讲究辈分，必须尊重长辈，如果我们做小孩的时候跟长辈这么说，家长一定气坏了，准会板起面孔对我们说："不可以这么没规矩！"没规矩就是无礼。

但在这则故事中，元方正是以无礼的方式表达真正的礼节（做人须守信）。这是《世说新语》中魏晋名士的一大特征：表面上最不遵从礼节，实际上最遵从礼节。

写元方这个孩子小小年纪这样了得，实际上也是在间接写他的家人不简单，是他的父亲调教得好，虎父无犬子。

这是魏晋时期士族门阀的共性。

我们可以联系这一则来看：

> 孔融被收，中外惶怖。时融儿大者九岁，小者八岁。二儿故琢钉戏，了无遽容。融谓使者曰："冀罪止于身，二儿可得全不？"儿徐进曰："大人岂见覆巢之下，复有完卵乎？"寻亦收至。（《言语》篇）

我们先试着读通原文。

"孔融被收，中外惶怖。"大家一定要相信自己中文的语感，即便你不知道当时发生了什么事情，但你的语感一定会告诉你：孔融被抓了，里里外外都人心惶惶。对不对？就是这个意思。

然后我们对照注释和白话翻译，把这句话表述得更准确一些：

孔融被收押，是因为得罪曹操要被判死刑了，朝廷内外都人心惶惶。孔融为什么会被判死刑呢？这个人年少就有才，进入官场后，常常坚持己见，和曹操对着干，反对

第一篇　古典的趣味

曹丕私纳袁绍儿媳，也反对曹操禁酒，曹操早动了杀念，但慑于孔融在民间的声望，不能师出无名。后孔融提出"父母于子无恩论"，观点太过现代，无法为普罗大众接受，曹操便以此为罪状（"违天反道，败伦乱理"），将他处以极刑。

继续看原文，当时孔融的大儿子九岁，小儿子八岁。两个孩子仍然在玩琢钉戏，这里的"故"就是若无其事、谈笑如故的那种味道——父亲被抓了，我们仍然玩我们的。

琢钉戏是什么呢？

> 金陵童子有琢钉戏：画地为界，琢钉其中，先以小钉琢地，名曰签；以签之所在为主，出界者负；彼此不中者负，中而触所主签亦负。
> ——【清】周亮工《因树屋书影》

第一次读的时候，不明白，没有关系的，知道是个游戏就可以了，然后好奇的话再去查一查，不用因为这个就质疑自己能否读懂文言文，并非如此！中文博大精深，中文再好的人也有很多字不认识，何况是这种博物学范畴的东西呢？

这个解释只能意会，因为现在这个游戏好像失传了，我把它想象成是类似于打弹珠的游戏。

"了无遽容"，这个"遽容"可根据语境推度，既然在玩游戏，肯定是没有惊慌的神色。"遽"作形容词，其中的一个意思就是惊慌。

"融谓使者曰：'冀罪止于身，二儿可得全不？'"孔融对使者说："希望罪名就只涉及我一个人，两个孩子可以保全性命吗？""冀"，希望。现代白话也有"希冀"一词，同义连用，"希"和"冀"都是希望的意思。止，通"只"。这里的"不"念作"否"，在句末，表示疑问。比如，大家或许都听闻过："廉颇老矣，尚能饭不？"

"儿徐进曰：'大人岂见覆巢之下，复有完卵乎？'寻亦收至。"精彩的地方来了，孔融的儿子（不知道是哪个儿子，也或许是两个儿子）从容地说。"徐"，原本的意思是慢慢地，这里表现从容的姿态，或用我们现在的话说，淡定。"进"，是下对上说话。说什么呢？他说："父亲难道看见过倾覆的鸟巢下面，还存在完整不碎的鸟蛋吗？"不久，抓孔融孩子的人也来了。

第一篇　古典的趣味

这一篇和语文课本里的陈太丘那篇都是讲了不起的小孩。不管是孔融的哪个孩子，都不过八九岁的样子，就能说出"覆巢之下，复有完卵乎"这样精准的洞察言论来，非常了得。

把两则放在一起，还可以看到作者对这两个孩子的态度：他是肯定呢，还是否定？

高度肯定。

后一则，最后那句"寻亦收至"，也就是感叹这个孩子的洞察是极为准确的。前一则，"友人惭，下车引之"，也就是说这个孩子骂得对，骂得连那个大人也自愧弗如。

所以，《世说新语》的精髓在这里，传统的语文课堂或许偏于关注道德教育，而把精彩的部分错过，这未免有些可惜，这些错过的部分，我们叫作"文学"。

二、超越时代的眼光：《咏雪》与魏晋才女谢道韫

另一则收在中学语文课本中的选段题作"咏雪"，出自《世说新语》的《言语》篇：

文学经典怎么读

> 谢太傅寒雪日内集，与儿女讲论文义。俄而雪骤，公欣然曰："白雪纷纷何所似？"兄子胡儿曰："撒盐空中差可拟。"兄女曰："未若柳絮因风起。"公大笑乐。即公大兄无奕女，左将军王凝之妻也。

这一则大家也都熟悉，语文老师一定在课堂上探讨过为何谢道韫的诗句"未若柳絮因风起"比谢朗那句"撒盐空中差可拟"好，因为前者是形似，而后者是神似。

这固然是标准答案了，但标准答案的局限在于会令你满足于这个答案，而不再往下发散思考。

形似与神似之分，这里还不止这层意思，前面的形似之所以不好，还在于神不似，而后面的神似之所以好，还在于形也似。

"撒盐空中差可拟"，大家想一想，撒盐空中以后直接的形态是怎样的？自由落体，盐落下来，对不对？但是大雪纷飞，雪的姿态是飘。

谢道韫的诗句妙就妙在提到一个重要的辅助道具——风。风往往能增加美感，我们知道模特在拍杂志封面照的

第一篇　古典的趣味

时候常常在旁边摆一个风扇,将长发微微吹起,美其名曰"飘逸"。风将柳絮吹起,柳絮本身就轻盈,也形似白雪,那就和白雪纷纷相近了,这个情景富于美感,可以做成文艺的明信片,大家再想想,"撒盐空中差可拟"似乎很难直接做成美图,对吧?

这是其一。还有另一个重要的层面,这里还牵涉性别的问题。

传统社会重男轻女,考虑到这一点,这则故事中的二人也是一组表面权力失衡的关系,就像我们在前文讨论的小孩骂大人一样,这里是女强男弱,而在传统社会,这不能为大众接受。有一个成语叫"牝鸡司晨",就是指母鸡来报晓,暗示女子篡权,天下大乱,如果有一户人家是女人做主,亲戚邻居都会说闲话:这是牝鸡司晨,万万不可。

如带入这个语境,会发现《世说新语》绝非平庸之人的作品,作者赞许这位才女,而且也记录了贵族之家不会因女子有才就觉得天下大乱——"公大笑乐"。

事实上，这里的主人公谢道韫的确非常有才。

再看一则谢道韫的轶事，收在《世说新语》的《贤媛》篇：

> 王凝之夫人谢夫人既往王氏，大薄凝之。既还谢家，意大不说。太傅慰释之曰："王郎，逸少之子，人才亦不恶，汝何以恨乃尔？"答曰："一门叔父，则有阿大、中郎；群从兄弟，则有封、胡、遏、末。不意天壤之中，乃有王郎！"

谢道韫嫁到王家之后，十分看不起王凝之。回娘家时，内心极不高兴。太傅谢安宽慰她说："王公子是逸少的儿子，人品也不差，你为什么这样不满意呢？"谢道韫回答说："我们谢家伯父、叔父之中，有阿大、中郎这样的人物；堂兄、堂弟之中，又有封、胡、遏、末这样的人才，没想到天地之间，竟还有王公子这样的人！"

这里有一些实词和文化背景，我们略作解释。

"薄"，鄙薄，同义连用，"鄙"和"薄"是一个意思。

第一篇　古典的趣味

"不说",不悦,通假。

这个"太傅"是谁呢?是谢安,东晋非常著名的政治家。

"释",这里的意思和"慰"相近,开解。

"逸少"是谁?是大名鼎鼎的王羲之。也就是说,谢道韫嫁的是王羲之的儿子。

"恨",不满、遗憾。

"乃",像、如。

"阿大",指谢尚,谢尚是当时著名的名士。"中郎",指谢据,谢安次兄,早死。

"封",谢韶的小字。谢韶,字穆度,官至车骑司马。"胡",谢朗的小字。"遏",谢玄的小字。"末",谢渊的小字。这几人中,谢玄是谢道韫之弟,著名的军事家。《世说新语》中有记载,谢道韫一直数落这个弟弟不思进取,可见谢道韫自视甚高。

文学经典怎么读

魏晋南北朝是士族门阀政治，所谓"上品无寒门，下品无士族"，婚姻当然也多为贵族联姻。而当时最显赫的世家大族就是陈郡谢氏和琅琊王氏，谢道韫出身于陈郡谢氏，王羲之则出身于琅琊王氏。这两大家族显赫到何种地步？东晋时期有句话，叫"王与马共天下"，什么意思？琅琊王氏的权力可能比实际的皇帝司马睿还大，这里的王是指王导，而王导是王羲之的堂爷爷。

我们都读过刘禹锡的《乌衣巷》，最后两句是："旧时王谢堂前燕，飞入寻常百姓家。""王谢"，就是琅琊王氏和陈郡谢氏。大家可以想见这种巨大的落差，曾经权倾一时，最后也不过是寻常百姓。

谢道韫的婚姻从门第看没有任何问题，王谢联姻，门当户对，不存在任何委屈，而且根据谢安的意思，这个王凝之人品不错，是个可以托付终身的好男人。

但谢道韫非常不满，在她看来，我们一家子都是人才，王凝之和我们相比还不知是哪根葱呢！

还有一个小细节值得留意，她在列举家里父兄的时候

第一篇　古典的趣味

提到"谢胡",也就是谢朗。谢朗是谁呢?就是那个说出"撒盐空中差可拟"的人,这个"撒盐空中差可拟"实在没什么才气,但就是这个人也甩王凝之几条街,怪不得谢道韫满腹不快。

这个文本还有什么地方有意思呢?谢道韫出身名门,按说该留有几分矜持,说话要婉转些,要像英国的一些贵族那样玩表里不一,玩暗语,玩反讽,但她无视女子的礼节,赤裸裸地嫌弃自己的丈夫。我们作为外人都有点听不过去了,怎么可以这么说自己的丈夫呢?

但是,请看这一则收在《世说新语》的哪一篇里?"贤媛"。

也就是说,在刘义庆眼中,谢道韫的直言不讳、恃才傲物并没有违背这个"贤"。

大家或许已经发现了,无论阅读文言文还是阅读现当代文学作品,我们都应努力去探寻文本字里行间的意思,去找到里面隐含的意思。

三、不拘礼后有真情：文言文的纵向比较

再选几则作为例子，看看《世说新语》需要怎么读，或者类似的文言文需要怎么读。

有两种读法，第一种读法当然是从头读到尾，纵向读，但是《世说新语》已经分为不同的篇章，也就是说主题已经归纳妥当，完全可以在同一主题下做横向比较。

《伤逝》这一篇，记录的都是失去亲人后的表现，我们先读这则：

> 王子猷、子敬俱病笃，而子敬先亡。子猷问左右："何以都不闻消息？此已丧矣！"语时了不悲。便索舆奔丧，都不哭。子敬素好琴，便径入坐灵床上，取子敬琴弹，弦既不调，掷地云："子敬！子敬！人琴俱亡。"因恸绝良久。月余亦卒。

王子猷、王子敬，分别是王羲之的第五子和第六子，王子敬也就是著名的书法家王献之。他们都病得很重，"笃"的意思是"深"，例如"笃信不疑"。王子敬先故去。王子猷就问身边的人："为什么都听不到音讯？这一定是他已经走了。"他说这话时完全不悲伤，说完就要了轿子去奔

第一篇　古典的趣味

丧，一路上都没哭。王子敬一向喜欢弹琴，王子猷大步流星地走进去坐在灵床上，拿过王子敬的琴来弹，弦的声音已经不协调了，王子猷把琴扔在地上说："子敬啊，子敬，你和你的琴都死了！"于是痛哭了很久，几乎要晕厥过去。过了一个多月，王子猷也去世了。

我早年在复旦大学中文系读书的时候，骆玉明教授给我们上《世说新语》精读课，讲到这段时，他讲了钱锺书的一段轶事。钱锺书和女儿钱瑗同时病重住院，杨绛往返于丈夫和女儿的病房，每天都会跟钱锺书说女儿今天怎么怎么样，有一天杨绛不讲了，钱先生也就不问了。

这都是写人的典范，《世说新语》对人的刻画非常了得。这个王子猷一辈子似乎没做成什么大事，但是在《世说新语》里留下不少潇洒的身影。还有一则《王子猷居山阴》，说有天晚上下大雪，他忽然念起一位朋友来，就乘船连夜去拜访他，坐船坐了一整夜才到，但是到了人家家门口却不进去，打道回府。别人就问他，既然已经到了，为什么不进门？他回答说："吾本乘兴而行，兴尽而返，何必

文学经典怎么读

见戴！"

《伤逝》里也是如此。只有他这样的人，因为深爱这个弟弟，也因为自身的桀骜不驯，才会径直走进灵堂，坐到灵床上要弹死者的琴。表面上有悖常理，但实际上王子猷比那些守礼之人恐怕更哀伤，因为才一个多月的工夫，他也就跟着去了。

弹琴的细节写得尤其惟妙惟肖，人和琴合二为一，充满情致。所谓名物，都浸润着主人的感情，有其灵魂，主人走了，情感断了，名物亦亡。《世说新语》里还记载了嵇康与《广陵散》的故事。公元262年，嵇康被当时的统治者司马昭下令处以极刑。嵇康是什么人？也是个风度翩翩的公子，说他平日"岩岩若孤松之独立"，就算喝醉了，也不是一摊烂泥，而是"巍峨若玉山之将崩"，用我们今天的话来说，这个人玉树临风。就算死到临头，他也不会毁了自己的仪式感，他要来一张古琴，再弹一曲《广陵散》，弹毕，仰天长叹："《广陵散》于今绝矣！"

在我们的传统文化里，文脉须靠特定的人来延续。所以孔子说："文王既没，文不在兹乎？天之将丧斯文也，后

第一篇　古典的趣味

死者不得与于斯文也。天之未丧斯文也，匡人其如予何！"当时孔子正被匡人围困，说这话的意思是：周文王死了以后，周代的礼乐文化不都体现在我身上吗？如果上天想要消灭这种文化，那么我就不可能掌握这种文化了；如果上天不消灭这种文化，那么人又能把我怎么样呢？

我们再看一则《伤逝》篇中的小故事：

> 王仲宣好驴鸣。既葬，文帝临其丧，顾语同游曰："王好驴鸣，可各作一声以送之。"赴客皆一作驴鸣。

王仲宣是谁？是"建安七子"之首的王粲，才华横溢，高中课本选有他的《登楼赋》。

王粲喜欢驴叫，过世后，魏文帝（曹丕）出席他的葬礼，回头跟大家说："王粲喜欢驴叫，大家可以各自学一声驴叫给他送行。"于是出席葬礼的人们都学了声驴叫。

这个场面其实很感人。葬礼学驴叫本不符合礼仪，是"没规矩"，是无礼。但是正如先前提到的，很多时候魏晋名士的"无礼"实际上才接近真正的礼，也就是在葬礼这样的场合向逝者表达真切的哀悼。还有一点值得玩味，提议的人不是别人，是曹丕。其实这一则的重点就是他，曹丕贵为一国之君，不拘泥于礼节，还表现出与死者近似知己的情谊。而其他人也能共情，才有这样一个感人的场面出现。

我们知道，有些音乐家过世，家人会在葬礼上放他生前最喜欢听的音乐，哪怕是《欢乐颂》，这都是知人，也是真正符合礼的精神。

四、真实的竹林七贤：文言文的横向串联

我刚提到文言文有两种读法，第二种读法是所谓的"横向读"，就是串联比较，拿《世说新语》来说，同一个人的事迹多分散在不同章节里，完全可以把这个人的条目检索出来，而后全面地了解这个人。

我随机挑一个人，我们来看看这个人是怎么样的。

大家都听闻过"竹林七贤"，"七贤"中比较有名的数嵇康和阮籍。我们刚才提到嵇康玉树临风，除了爱好弹琴，他还喜欢"嗑药"。当时的名士有不少人都吃一种叫"五石

第一篇　古典的趣味

散"的药，据说成分是硫黄之类，吃了浑身发热，要穿特别宽大的衣服，不然皮肤会擦伤，其实很痛苦。那么为什么还要这样？这些人表面上潇洒、豪放，但实际上因为司马氏统治下的政权很黑暗，留给这些名士的自由空间非常逼仄。

阮籍也好饮酒，司马氏想迫使他出来做官，他就每天喝醉，连醉两个月，让司马氏连提的机会都没有。还有一个爱饮酒的名士叫刘伶，他走在路上，让仆人扛一把锄头跟在后头，一边走一边喝，说："死便埋我"。

其实都包含着很无奈的感情。

我再选一个或许大家不那么熟悉的，王戎，我们先看《伤逝》篇里他失去孩子时的反应：

> 王戎丧儿万子，山简往省之，王悲不自胜。简曰："孩抱中物，何至于此？"王曰："圣人忘情，最下不及情。情之所钟，正在我辈。"简服其言，更为之恸。

山简是"竹林七贤"之一山涛的儿子，劝王戎，这不过是个怀抱中的婴孩，何至于如此悲伤呢？王戎的回答非常漂亮——"圣人忘情"。所谓"圣人",可能成天考虑的是天下大事,不动儿女私情;"最下不及情",最下等的那些人不能用人的情感要求他们,他们可能成天要考虑谋生,每天都有比孩子死了更重要的事,比如怎么才能不至于饿死;"情之所钟,正在我辈",只有我们这些既不是圣人,也不是最下等的人,可以讲情感。

王戎确实有真情流露的一面,《世说新语》的《德行》篇记载他遭遇父母之丧:

> 王戎、和峤同时遭大丧,具以孝称。王鸡骨支床,和哭泣备礼。武帝谓刘仲雄曰:"卿数省王、和不?闻和哀苦过礼,使人忧之。"仲雄曰:"和峤虽备礼,神气不损;王戎虽不备礼,而哀毁骨立。臣以和峤生孝,王戎死孝。陛下不应忧峤,而应忧戎。"(《德行》篇)

"鸡骨支床"四字,栩栩如生,用我们今天的话说,他"形销骨立",全因哀伤所致。

但同时,王戎也有另一面:

第一篇　古典的趣味

> 王戎七岁，尝与诸小儿游。看道边李树多子折枝，诸儿竞走取之，唯戎不动。人问之，答曰："树在道边而多子，此必苦李。"取之，信然。（《雅量》篇）
>
> 王戎有好李，卖之，恐人得其种，恒钻其核。（《俭啬》篇）

这两则分布在不同的篇中，要联系起来读才有意思。王戎七岁识李，打小就聪明。然而，正是因为识李，知晓好李的稀罕，这种知识就加深了他的私爱，而他的私爱则促成了他的吝啬。《世说新语》中还记载有他吝啬的其他表现，有心的读者可以去查，读后怕是要感叹，再小气的人也不过如此！

《世说新语》不仅记载一个人的好，也记载他不那么为人待见的方面，而正是因为有了后者他才是个活生生的人，也就是小说里所谓的"圆形人物"。

再看我们此讲的最后一例，大家熟悉的成语"卿卿我我"就和王戎有关：

文学经典怎么读

> 王安丰妇常卿安丰。安丰曰:"妇人卿婿,于礼为不敬,后勿复尔。"妇曰:"亲卿爱卿,是以卿卿;我不卿卿,谁当卿卿?"遂恒听之。(《惑溺》篇)

"安丰"是王戎的字,王戎的老婆常称他为"卿",王戎说:"妇道人家称自己的丈夫为'卿',在礼数上是不敬的。以后不要这么叫了。"王妻答道:"我亲近你爱恋你,所以才叫你'卿'。我不叫你'卿',谁叫你'卿'呀?"王只得任她这样称呼下去。

按照礼仪,妇人应以"君"称其夫,"卿"乃是夫对妻的称呼,因为君和卿实际上有上下级的关系。又一次,刘义庆展现了他的思想观,不需要拘泥于礼法,而要直抵礼法的核心。

第一篇　古典的趣味

第3讲　从字里行间探寻"文心"：《史记》的另类解读

明代的大文人张岱有名言传世："人无癖不可与交，以其无深情也；人无痴不可与交，以其无真气也。"当我阅读和讲授《刺客列传》时，这句话于我有了两层启发：一来，我喜欢司马迁笔下的这些刺客，他们有癖，且痴，故而深情，且真；二来，如果有一天我们这些都市人已经忙碌到必须先让陌生人通过一定的考核才决定是否与之成为朋友，那么能够成为我的朋友的其中一条必须是喜欢《刺客列传》，因为喜欢《刺客列传》的人也往往有着情真意切的一面。

令我欣慰的是，在我教书的这些年，十七八岁的孩子，不喜欢《刺客列传》的，我似乎从未碰见过。这里面有着令人血脉偾张的场景和青春期骚动的荷尔蒙的结合，而那巨大的悲怆中似乎又隐藏着许多令人似懂非懂的东西，知己、功名、死亡与命运，透过司马迁的文字，孩子们或许是首次在人生中贴近这些遥远的名词，我没有问过他们这无以名状的心慌和期待是否梗塞在他们胸口，不需要捅破，但这是每个青春期孩子都已在思索的大问题。

文学经典怎么读

中学语文课本收录有《刺客列传》中《荆轲刺秦王》一文，大家对司马迁遭受宫刑后在屈辱之心的折磨下毅然完成《史记》，完成父亲司马谈临终交托的家族使命想必已不陌生。我们也知道，司马迁之后，这些刺客再无可能入正史，比如说，《汉书》的作者班固虽然大量借鉴《史记》，但对《刺客列传》《游侠列传》等颇有微词，称其为"序游侠则退处士而进奸雄"。司马迁和后世史家有个重要的区别，后者是为官方修史，代表着统治者的眼光，司马迁虽也为史官，但却是以个人立场撰写史书。所以在《史记》中，我们不仅能见到刺客、游侠、滑稽（能言善辩之人）这些不登大雅之堂的人物——也正因为他不以成败论英雄，我们才可以窥得项羽、李将军等失意英雄的风貌。而且，他也深谙春秋笔法，不顾"诸吕不怡"，将他对汉王朝外戚干政的不满埋藏于字里行间。因此，《史记》不仅仅是一部重要的史书，还是一部匠心独具的文学作品。

从《荆轲刺秦王》之中，我们可窥得刺客的一些特征，比如"士为知己者死"；又如"其言必信，其行必果，已诺必成"，这些我就不再赘言。这一讲我想讲的是，联系这篇类传里的其他刺客事迹，看看司马迁有没有隐藏什么别样

第一篇　古典的趣味

的"文心"待我们发现？

一、文辞选择：司马迁写史的"私心"

《刺客列传》的首篇是曹沫持匕首要挟齐桓公。曹沫，一说是"曹刿"，应当可信，因为"刿"的意思就是刺伤，或是有了这个行刺事件，曹沫才有了这个外号，而说到曹刿，我们都不陌生，中学语文学过《曹刿论战》一文。作为《刺客列传》的开场，此篇可谓波澜不惊，因为包括刺客和被威胁的齐桓公，双方都毫发未伤。但须注意的是，这个圆满结局的实现有着多位智力超群人物的共同合力。比如曹刿，我们已熟知其智勇双全，所以他选择的方式不是"暗杀"，而是"劫持"，给自己和鲁庄公都留了退路（他是在两国会盟上劫持齐桓公，鲁庄公当时在场，而会盟的场所在齐国的城内，如果真的动了杀机，则不仅他必死，鲁庄公也在劫难逃）。再如齐桓公，他知道在劫持的时候先以同意归还"鲁之侵地"作为缓兵之计，也没有在曹沫下坛后立即翻脸，将其逮捕。还有一个重要的人物是管仲，我们都知道，这是一代名相，即便齐桓公后来反悔，管仲出于大局考虑仍能规劝前者，以避免悲剧的发生。

文学经典怎么读

作为类传的开场,这短短两段还有另一个重要的作用,这也似乎是中外作文章法中共通之处,即作者的"诉求"一般蕴藏在文章的开篇中。远的不说,我们就以《史记》举例,如司马迁收入高中课本的名篇《李将军列传》的首段,大肆渲染李广"善骑射,杀首虏多",却结以汉文帝的一句"惜乎,子不遇时!如令子当高帝时,万户侯岂足道哉!"这里的"不遇时"成了李广一生不得志的宿命,李广自己对此也颇感郁闷,曾找星相家王朔算命。然而,汉文帝是否真的为李广感到惋惜?司马迁是不是也认为宿命是李将军一生怀才不遇的关键原因?

这都值得我们留意,我们可比较司马迁和班固对这一事件的记载:

> 尝从行,有所冲陷折关及格猛兽,而文帝曰:"惜乎,子不遇时!如令子当高帝时,万户侯岂足道哉!"
>
> (司马迁《史记·李将军列传》)
>
> (李广)数从射猎,格杀猛兽,文帝曰:"惜广不逢时,令当高祖世,万户侯岂足道哉!"
>
> (班固《汉书·李广传》)

两段记录大体相同,但班固文有一处非常明显的改动,

第一篇　古典的趣味

即《史记》中的"冲陷折关"没有了。"冲陷折关"是什么意思？冲锋陷阵，抵挡敌人的进攻。当这层意思被一笔勾销之后，对李广这个人的理解就截然不同。我们刚谈到，司马迁是基于个人立场修史，班固则代表官方的口径。如此说来，汉文帝到底怎么看待李广呢？不过是个能陪他打猎的猛士罢了，汉文帝根本没有看重李广在战场上击杀匈奴的本事，因而，这一句"惜乎"恐怕多有惺惺作态的嫌疑。

当我们看清了这一层，就看到了《李将军列传》的主要文学诉求，表面写李广命不好，但实际上他一生的怀才不遇与汉王室的任人标准息息相关。

回到曹沫这一则，这里司马迁又定了怎样的基调呢？

我们若思考曹沫劫持齐桓公的目的，很容易感到这是为了鲁国的国家事业而不惜犯险，但司马迁在首段似乎欲撇清这一点，他写道：

> 曹沫者，鲁人也，以勇力事鲁庄公。庄公好力。曹沫为鲁将，与齐战，三败北。鲁庄公惧，乃献遂邑之地以和。犹复以为将。

文学经典怎么读

这段人物介绍看似普通，然而人物介绍可以从很多角度写，我们来看看它有何特别之处。我们都有这样的生活经验，进入一个新环境，必须向新认识的同学或同事介绍自己，可自我介绍的东西很多，譬如从什么学校毕业、父母的职业、打小生活的地方、兴趣爱好等，说什么，不说什么，实际就形成了一种个人的视角。这里也是，曹沫可介绍的方面很多，但司马迁介绍的重点是什么呢？

曹沫和鲁庄公的知己情谊是司马迁介绍的重点。首先，他们有共同的爱好，曹沫长于"勇力"，而鲁庄公恰好"好力"，一拍即合。这一点很重要，我大学时上历史系樊树志教授的"国史大纲"课，他讲到唐玄宗和杨贵妃的那段史实时说，唐玄宗爱好音乐，而杨贵妃长于舞蹈（事实上，杨贵妃和安禄山都是胡旋舞高手），可见他们的爱情有着共同爱好作为基础。司马迁的后两句更耐人寻味，作为将领的曹沫其实打了三场败仗，按照我们的常识，如果一名大将打了败仗，等待他的会是什么下场？多数不是被杀，就是被降职或下狱，为什么？因为将领多是帝王任命的，如果将领不承担这个罪责，则意味着任命他的帝王犯了错，而帝王怎么可以承认是自己犯错？但是，鲁庄公作为一国

第一篇　古典的趣味

之君非常了不得,他清楚战争失败的过错不在曹沫,而是因为齐国太强,所以他先以献地求和保全自己,后仍然任用曹沫为将领。对曹沫而言,这个主君信任自己,懂得自己的才能(所谓"知己"),而且是个深明大义的明君。

有了这个前提,我们回到先前的问题,司马迁透过纸面,婉转地告诉我们:曹沫为何要挟齐桓公呢?当然有为了挽回鲁国颜面这层意思在,不过与首段相结合去看,还有另一层意思,即回报鲁庄公的知遇之恩,曹沫以此证明自己不辜负鲁庄公的厚望。

二、复现的主题:刺客的凛然大义

弄清开篇,我们继续往下看这篇类传的其他故事,重点关注这个开场的文学"诉求"在之后的故事中产生了怎样的回声。

第二则写的是专诸刺杀吴王僚。这是个惊心动魄的把匕首藏于鱼腹而后拔出行刺的故事,这里也有几位著名的历史人物,请专诸去行刺吴王僚的公子光就是后来赫赫有名的吴王阖闾,而将专诸推荐给公子光的则是一代名臣伍子胥。

和曹沫故事相似的有这样几处：

(1) 行刺获得了成功，只是专诸的成功基于真实的刺杀行为而非挟持，且专诸付出了生命的代价。

(2) 刺杀的理由是正当的，曹沫的刺杀有非常强烈的反强暴色彩（"齐强鲁弱，而大国侵鲁亦甚矣"），而专诸刺杀则因为吴王僚在名分上属"僭越"（"使以兄弟次邪，季子当立；必以子乎，则光真适嗣，当立"）。

(3) 主臣之间有相互赏识的情谊。鲁庄公不以曹沫三次战败而降罪，公子光则承诺照顾专诸的家人：

> 专诸曰："王僚可杀也。母老子弱，而两弟将兵伐楚，楚绝其后。方今吴外困于楚，而内空无骨鲠之臣，是无如我何。"公子光顿首曰："光之身，子之身也。"

这一段若只看《史记》的原文，重点落于专诸的谋略，也就是说专诸并不是单纯因为公子光的请求就立即行动，而是基于自己的判断。公子光之后动人的回应"光之身，子之身也"，这句话翻成大白话大概是"我的就是你的"，也就是说，这里传达出公子光和专诸不再是上下级的关系，而是平等的知己关系。这番表达不仅是公子光对专诸谋略

第一篇　古典的趣味

的赏识，也是对他死后照料其家人的承诺。但这一段文字同时也是基于更早的历史记录，还可有其他内涵，如《左传》对此的记录为：

> 王可弑也。母老子弱，是无若我何。

历代注家将"母老子弱"注为专诸自述。"是无若我何"为倒装——"是无我若何"：没有我专诸该怎么办？如此，这段可视作专诸向公子光托付家人，公子光做出承诺。无论前者还是后者，重要的是，公子光做出承诺，也兑现了承诺。司马迁为这段故事撰写的结尾是"阖闾乃封专诸之子以为上卿"，这个兑现承诺的行为明确针对"光之身，子之身也"——"你的儿子就是我的儿子，我会视如己出"。在曹沫的故事中，最终管仲就是以"信用"来规劝齐桓公，也就是说，"已诺必诚"不仅是刺客的信条，也是君王遵从的原则。

第三则豫让的故事极为惨烈，豫让为了报仇，漆身为厉，吞炭为哑，最后落得行刺未成、伏剑自杀的下场。我们仍然聚焦哪些部分是前两则文学"诉求"的延续。

不难发现，首先，豫让和他的主君智伯之间有着深厚的私人情谊。关于智伯如何恩待他，司马迁以一句"甚恩宠之"带过，我们可以等分析之后的两则时再回忆这里，或许会发现，司马迁的笔法中越繁复越暗藏玄机，一笔带过反而没有更多疑问。豫让的刺杀动机也较之前两则更明晰。一方面，他是忠于个人，而非忠于国家，这是先秦时的风气。这则故事有一个重要的历史背景，春秋晚期，晋国被国内的韩氏、赵氏、魏氏、智氏、范氏和中行氏六家把持，史称"六卿专政"。这几个家族一直在相互博弈、厮杀，先是赵氏击败范氏和中行氏，而后则是剩余的四家瓜分了这两家的地盘。到了公元前453年，韩、赵、魏三家联合击败智氏，平分其地，分别建立了各自的政权，这就是历史上的"三家分晋"。公元前403年，周威烈王封这三家为侯国，正式承认了他们的地位，史家以此作为春秋与战国的分界点。

豫让的主公智伯属智氏，赵襄子则属赵氏。

也就是说，同在晋国之内，豫让行刺赵襄子不存在为国效力的目的，只是为了替智伯报仇雪恨。诸侯之间角力，

第一篇　古典的趣味

你死我亡在所难免，是什么深仇大恨迫使豫让如此大费周章，三番四次地自贬自毁一定要报这个仇呢？司马迁有这样的交代："赵襄子最怨智伯，漆其头以为饮器。"这就是说，赵襄子不仅参与了杀智伯，分了他的地，还羞辱了他。我们中国人非常看重人死后要得一全尸，然后入土为安，这种不给人留全尸，甚至让人死不瞑目的行为难以被接受。

这则故事的叙事起点晚于智伯之死，我们无从知晓智伯在世时对豫让说过什么，但可以从豫让的言行中判断他如何看待他与智伯之间的关系。

> 居顷之，豫让又漆身为厉，吞炭为哑，使形状不可知，行乞于市。其妻不识也。行见其友，其友识之，曰："汝非豫让邪？"曰："我是也。"其友为泣曰："以子之才，委质而臣事襄子，襄子必近幸子。近幸子，乃为所欲，顾不易邪？何乃残身苦形，欲以求报襄子，不亦难乎！"豫让曰："既委质臣事人，而求杀之，是怀二心以事其君也。且吾所为者极难耳！然所以为此者，将以愧天下后世之为人臣怀二心以事其君者也。"

既去，顷之，襄子当出，豫让伏于所当过之桥下。襄子至桥，马惊，襄子曰："此必是豫让也。"使人问之，果豫让也。于是襄子乃数豫让曰："子不尝事范、中行氏乎？智伯尽灭之，而子不为报仇，而反委质臣于智伯。智伯亦已死矣，而子独何以为之报仇之深也？"豫让曰："臣事范、中行氏，范、中行氏皆众人遇我，我故众人报之。至于智伯，国士遇我，我故国士报之。"襄子喟然叹息而泣曰："嗟乎豫子！子之为智伯，名既成矣，而寡人赦子，亦已足矣。子其自为计，寡人不复释子！"使兵围之。豫让曰："臣闻明主不掩人之美，而忠臣有死名之义。前君已宽赦臣，天下莫不称君之贤，今日之事，臣固伏诛，然愿请君之衣而击之，焉以致报仇之意，则虽死不恨。非所敢望也，敢布腹心！"于是襄子大义之，乃使使持衣与豫让。豫让拔剑三跃而击之，曰："吾可以下报智伯矣！"遂伏剑自杀。死之日，赵国志士闻之，皆为涕泣。

先看这句"至于智伯，国士遇我，我故国士报之。""遇"的意思是对待。陈正宏教授在解读这句话时提出，"联系前两部分所讨论'士为知己者死'与'二心'的话题，豫让与赵襄子的对答，正好可以作为二者的总结：智

第一篇 古典的趣味

伯和豫让的关系,在后人看来当属主臣关系,但在豫让当时,更以为它是一种建立在相互信任基础上的知己朋友关系,再加上一些双方都可以接受的等价交换关系。因为互相信任,所以就不存在'二心';因为等价交换,所以死对于豫让来说,也就是异常坦然的事。"(《〈史记〉精读》)

通俗点说,豫让的"国士报之",不以智伯的死亡为终结,是永久的情谊,而且他承担了智伯所承受的一切屈辱的仇恨,因而不难理解他对自己的身体所做的一切毁坏,在这个意义上,此处与前一则里公子光那句"光之身,子之身也"异曲同工。

豫让对知己情谊的践行令人动容,同时令人印象颇深的还有赵襄子这个人物。面对一个要致自己于死地的刺客,竟然让身边的随从放他走,说:"彼义人也,吾谨避之耳。且智伯亡无后,而其臣欲为报仇,此天下之贤人也。"且在与豫让第二次狭路相逢时,还答应后者颇具仪式感的要求,把外衣脱下给豫让,准许他象征性地刺三下以示复仇行为的完成。不仅如此,司马迁将故事收尾在"赵国志士闻之,皆为涕泣"。此处的赵国当指赵襄子的封地,在我们今人看来,他们可以赏识一个刺杀自己君主的刺客，简直匪夷所思。

三、详略安排："变质"的知己情谊？

聂政的故事引起过不少非议，如明人黄洪宪在《〈史记〉评林》中指出"聂政德严仲子百金之惠，即以身许之"，把聂政为严仲子行刺韩相侠累的行为直接解读为被金钱收买，显然有些过分，但这一则故事确实在不少地方违背了之前司马迁建立起来的"文学诉求"。

先看严仲子请聂政为其刺杀侠累的原因，司马迁解释为："久之，濮阳严仲子事韩哀侯，与韩相侠累有郤。严仲子恐诛，亡去，游求人可以报侠累者。"这个"郤"的意思是空隙、裂缝，"有郤"其实程度很深，指两人之间有仇。同样是报私仇，但这一则故事和上一则的基调有着根本性的差异。在豫让的故事里，智伯不仅被杀，且被毁尸，但在这里，严仲子似乎多少显得有点贪生怕死的意味。换句话说，司马迁在前三则传记中一直为刺客的刺杀动机"正名"，曹沫是因为齐国以大欺小；专诸是因为吴王僚篡夺王位；豫让是因为赵襄子侮辱智伯，而这里，司马迁没有为严仲子作任何辩解。

第一篇　古典的趣味

在这一篇中，司马迁的详略处理也和上述几篇有所不同，上述几篇详写了刺杀过程，对主臣关系没有花过多的笔墨，但这一篇很奇怪，详写的是聂政和严仲子交往的过程以及聂政死后曝尸，而对于最具戏剧张力的刺杀过程，反而只有短短的三句话。

这种反常的详略处理中是否蕴藏着什么重要的讯息？

详写的主臣关系中就有一直为人诟病的金钱关系，这段知遇的过程是这样的：

> 严仲子至门请，数反，然后具酒自畅聂政母前。酒酣，严仲子奉黄金百溢，前为聂政母寿。聂政惊怪其厚，固谢严仲子。严仲子固进，而聂政谢曰："臣幸有老母，家贫，客游以为狗屠，可以旦夕得甘毳以养亲。亲供养备，不敢当仲子之赐。"严仲子辟人，因为聂政言曰："臣有仇，而行游诸侯众矣；然至齐，窃闻足下义甚高，故进百金者，将用为大人粗粝之费，得以交足下之欢，岂敢以有求望邪！"聂政曰："臣所以降志辱身居市井屠者，徒幸以养老母；老母在，政身未敢以许人也。"严仲子固让，聂政竟不肯受也。然严仲子卒备宾主之礼而去。

文学经典怎么读

严仲子的"数反"很容易让我们联想到三国时期刘备的三请诸葛亮，但似乎和三顾茅庐不同，司马迁强调严仲子献金的目的性。严仲子第一次奉上黄金百溢，表面名义是为聂政的母亲祝寿，但得到的回应是"聂政惊怪其厚"，聂政立即明白，这绝非祝寿这么简单。果然，当严仲子"固进"时表明来意——"臣有仇"，虽然之后严仲子表明自己"岂敢以有求望邪"，但赠金的行为显然和公子光那句"光之身，子之身也"截然不同，赠金和收金表示两人间的交往已经完成，不再牵涉其他利益，但"光之身，子之身也"则表明两人的关系从现在才开始，"我"（公子光）从此会替"你"（专诸）尽为人子、为人父的责任，所以我们才会称呼前者为金钱交易。

也就是说，主臣之间相知相许的关系在这一则中有些变味了。然而，聂政仍然认为严仲子是屈尊降贵特来拜访的知己，所以在母亲死后，他高呼"政将为知己者用"。那么严仲子是否真如他所料的那样"深知政也"呢？我们来看聂政行刺之前两人的对话：

第一篇　古典的趣味

> ……严仲子具告曰："臣之仇韩相侠累，侠累又韩君之季父也，宗族盛多，居处兵卫甚设，臣欲使人刺之，终莫能就。今足下幸而不弃，请益其车骑壮士可为足下辅翼者。"聂政曰："韩之与卫，相去中间不甚远，今杀人之相，相又国君之亲，此其势不可以多人，多人不能无生得失，生得失则语泄，语泄是韩举国而与仲子为仇，岂不殆哉！"遂谢车骑人徒，聂政乃辞独行。

聂政话语的出发点处处为严仲子考虑，担心刺杀行为横生枝节，会连累严仲子，而他选择单打独斗，实际上也就在很大程度上选择了一条死路。换而言之，他把严仲子的生命看得比自己的生命重要得多。反之，严仲子的话语四平八稳，提出为聂政提供帮手似是为聂政考虑，但我们看这句之前，司马迁写道："臣欲使人刺之，终莫能就。"也就是说，后面那句顺承此意，提供"辅翼者"的主要目的在于希望此次行刺能够成功，他并没有真正在关心聂政的生死。

司马迁详写的另一处是聂政死后曝尸：

韩取聂政尸暴于市，购问莫知谁子。于是韩县购之，有能言杀相侠累者予千金。久之莫知也。

政姊荣闻人有刺杀韩相者，贼不得，国不知其名姓，暴其尸而悬之千金，乃于邑曰："其是吾弟与？嗟乎，严仲子知吾弟！"立起，如韩，之市，而死者果政也，伏尸哭极哀，曰："是轵深井里所谓聂政者也。"市行者诸众人皆曰："此人暴虐吾国相，王悬购其名姓千金，夫人不闻与？何敢来识之也？"荣应之曰："闻之。然政所以蒙污辱自弃于市贩之间者，为老母幸无恙，妾未嫁也。亲既以天年下世，妾已嫁夫，严仲子乃察举吾弟困污之中而交之，泽厚矣，可奈何！士固为知己者死，今乃以妾尚在之故，重自刑以绝从，妾其奈何畏殁身之诛，终灭贤弟之名！"大惊韩市人。乃大呼天者三，卒于邑悲哀而死政之旁。

我们知道这段刺杀的"余音"和聂政刺杀侠累后"皮面决眼，自屠出肠"的壮烈行为是有直接关系的，而这一行为也可看作是严仲子兑现不会"语泄"的承诺。读到这里或许很多人都有这样一个疑问，聂政的这个姐姐真是胡闹，聂政做这么多事情都是为了保护你，保护严仲子，你这样贸然跑出来，胡说八道，不是把他的好

第一篇　古典的趣味

意全糟蹋了吗？

那么聂荣的"认尸"之举是不是属于"脑残"的行为呢？

我们还是先看聂荣说了什么。"严仲子乃察举吾弟困污之中而交之，泽厚矣，可奈何！"这句话翻译成白话的大意是："严仲子是在我弟弟最贫贱落魄的时候结交他的，他对我弟弟的恩情太深了，我弟弟还能怎么样？""可奈何"三字包含着怎样的无奈，我们不难体会。我们知道，聂荣的这番话所引起的直接后果一来是她自己的性命不保，二来是严仲子也会招致韩国追杀，如果她真的认为严仲子是弟弟的莫逆之交，她还会站出来说这番话吗？如果她不是"脑残"，那么她的头脑就非常清晰——她不希望弟弟为了这样一个只是用金钱收买他的人死得不明不白。

先前我们都说主臣关系不是简单的上下级关系，至少在知己看来，是基于相互信任的朋友关系，而主君虽然不须像知己那样掏心掏肺，但至少已诺必诚，可是在聂政的故事里，我们看到两个根本性的不同：

第一，就承恩而言，聂政非严仲子的善客，也非大臣，连黄金百溢也未接受。

第二，就行刺前的主臣许诺而言，只有聂政做出承诺，严仲子并没有。在最后的曝尸场景，司马迁对严仲子只字未提，严仲子对聂政作何想？我们不知道，或许聂政只是他"游求人可以报侠累者"的众人之一罢了。

两人之间的关系有非常强烈的不对等色彩。

四、文本悬案：荆轲为何迟迟不愿启程？

有了之前几则作为储备，再读《荆轲刺秦王》的故事，或许我们可以读出不同的含义来。

同样地，先看行刺的理由。这里有这样几个问题：燕太子丹刺杀的理由究竟是为国家还是为报私仇？荆轲所理解的刺杀理由和燕太子丹原初的刺杀理由是否一致？

黄洪宪评论荆轲："当燕丹时，内无强力，外无奥援，而以屠国当枭鸷之秦，此谓卵抵泰山者也。故刺秦亦亡，不刺亦亡，故刺秦王非失计也。"（《〈史记〉评林》）这显然是站在历史的角度评说荆轲，但是我们站在文学角度，还

第一篇　古典的趣味

是要从司马迁的笔法中揣摩他讲述这个故事的用意，或者他呈现给我们的文本读起来有着怎样的含义。关于这一点，《荆轲刺秦王》中详细记录了燕太子丹和太傅鞠武的对话。

太傅鞠武的意思很明确："奈何以见陵之怨，欲批其逆鳞哉！""陵"，通"凌"，欺凌的意思；"批"，触动；"逆鳞"，传说中龙颈部倒生的鳞片，一旦触到，龙颜大怒，后果不堪设想。太傅很厉害，一眼就看穿了太子丹的心思，太子丹报仇不为国家，只为当年"被欺凌"的私恨，他也明说，你为了一己之仇去得罪秦国，会招致燕国的灭亡。

值得留意的是，司马迁实际上也暗中站在太傅这边，他这样描述这段复仇的缘起：

> 居顷之，会燕太子丹质秦亡归燕。燕太子丹者，故尝质于赵，而秦王政生于赵，其少时与丹欢。及政立为秦王，而丹质于秦。秦王之遇燕太子丹不善，故丹怨而亡归。归而求为报秦王者，国小，力不能。其后秦日出兵山东以伐齐、楚、三晋，稍蚕食诸侯，且至于燕，燕君臣皆恐祸之至。太子丹患之，问其傅鞠武。

此处描述的先后顺序很重要，不仅是时间上的先后，也是燕太子丹复仇动机的主次：首先是他在秦国当人质那段日子没有受到善待，所以"怨"，所以要"报秦王"，而后秦王对燕国的威胁与日俱增，为其报私仇增加了一个合法的名义。

在聂政的故事里，司马迁没有为严仲子报私仇的行为辩解，而在这里，司马迁则阐明燕太子丹就是不顾国家安危一门心思想着要解决个人恩怨。

然而，这个报私仇的动机到了田光、荆轲和高渐离那里，有了怎样的变化呢？

> （燕太子丹）出见田先生，道"太子愿图国事于先生也"。田光曰："敬奉教。"乃造焉。
>
> 太子逢迎，却行为导，跪而蔽席。田光坐定，左右无人，太子避席而请曰："燕秦不两立，愿先生留意也。"田光曰："臣闻骐骥盛壮之时，一日而驰千里；至其衰老，驽马先之。今太子闻光盛壮之时，不知臣精已消亡矣。虽然，光不敢以图国事，所善荆卿可使也。"太子曰："愿因先生得结交于荆卿，可乎？"田光曰："敬诺。"即起，趋出。

第一篇　古典的趣味

> 太子送至门，戒曰："丹所报，先生所言者，国之大事也，愿先生勿泄也！"田光俯而笑曰："诺。"偻行见荆卿，曰："光与子相善，燕国莫不知。今太子闻光壮盛之时，不知吾形已不逮也，幸而教之曰：'燕秦不两立，愿先生留意也。'光窃不自外，言足下于太子也，愿足下过太子于宫。"荆轲曰："谨奉教。"田光曰："吾闻之，长者为行，不使人疑之。今太子告光曰'所言者，国之大事也，愿先生勿泄'，是太子疑光也。夫为行而使人疑人，非节侠也。"欲自杀以激荆卿，曰："愿足下急过太子，言光已死，明不言也。"因遂自刎而死。

我们留心太子的两处语言，先是"太子愿图国事于先生也"，再是"丹所报，先生所言者，国之大事也，愿先生勿泄也！"太子丹以国家的名义来请田光为之复仇，而后再以国家的名义告诫田光不要泄露风声。田光绝非等闲之辈，从太子含糊的话语中已经推测后者对自己的猜疑，这有点类似我们在后来的黑帮电影里常常看到的，黑帮老大常以"只有死人才能保守秘密"为名杀死知晓秘密的所有人。其实这里也有类似的意思，田光察觉到了，太子丹留着自己这条性命只是想依托自己和荆轲的交情为之充当说客,而与其等待后者结果自己的性命,不如先行自刎以保全名节。

主臣之间的猜忌和怀疑是先前故事里从未出现的主题,即便是严仲子,也开门见山地对聂政说"臣有仇",而并不担心聂政会到处乱说。既然连信任基础都没有,平等的朋友关系也就无从谈起。

与田光从太子丹口中听闻到的是"国事"相仿,荆轲见太子丹,听到的仍然是国家处于危难之中的一番"国际形势"。同样地,荆轲见樊於期的时候,说的也是"今有一言可以解燕国之患,报将军之仇者,何如?"

至少在文本层面,太子丹再不提他报仇的初衷,而这些人也是在国家大义的旗帜下,献出生命。在为燕太子丹复仇的过程中,死去的有名有姓的人有田光、樊於期、秦舞阳、荆轲、高渐离等,但不知大家是否留意到一个细节,死去的无名无姓者或许还要更多。

> 于是太子豫求天下之利匕首,得赵人徐夫人匕首,取之百金,使工以药焠之,以试人,血濡缕,人无不立死者。

第一篇　古典的趣味

为了试验匕首上的剧毒，被划伤的人只要渗出一点血丝，则必死无疑。这里的"人"数量有多少，我们不得而知。这种将人的生命视为草芥的凶残行为至少在先前的几位主君身上是看不到的。

我初读这个文本的时候，还有一个疑问，司马迁重复叙述荆轲久久未有行意和太子丹的催促，有什么暗示？

> 荆轲有所待，欲与俱：其人居远未来，而为治行。顷之，未发，太子迟之，疑其改悔，乃复请曰："日已尽矣！荆卿岂有意哉？丹请得先遣秦舞阳。"荆轲怒，叱太子曰："何太子之遣？往而不返者，竖子也！且提一匕首入不测之强秦，仆所以留者，待吾客与俱。今太子迟之，请辞决矣！"遂发。

先看太子的反应，"太子迟之，疑其改悔"，"疑"字复现，这里暗示太子并不视荆轲为知己，而只是一名刺客死士。如是，我们再看太子丹对荆轲的"款待"："尊荆卿为上卿，舍上舍。太子日造门下，供太牢具，异物间进，车骑美女恣荆轲所欲，以顺适其意。"司马迁写得很明白，给荆轲吃好的，住好的，供车骑美女，只是为了让他乐意为

文学经典怎么读

自己卖命，也就是说，只是一种收买，而非基于对荆轲才能的赏识。所以，当荆轲享受着这些"恩宠"，却不肯行动的时候，太子便马上就感到，自己付出的金钱和物质条件没有换得预期的结果。

那么荆轲究竟为何迟迟不动身呢？荆轲自己解释说，是在等一个人，但这个人究竟是谁？司马迁没有给我们任何解释。我们知道，至少这个人不是秦舞阳（因为太子丹说"丹请得先遣秦舞阳"），也不是高渐离（因为易水送别的时候，高渐离击筑，也就是说他在场），有人说是先前提到的盖聂或鲁勾践，但这些人和荆轲的交情都很凉薄，恐怕不是他们。或许真有这么一个人存在，也或许司马迁故意卖个关子，暗示这个人或许是荆轲的一个托词？从后来荆轲行刺时的勇猛看来，他绝非因贪生怕死而推迟行期。这个人是谁？或者究竟有没有该人存在？我们都不得而知，但推度荆轲的语气，其中荆轲有站在国家和太子立场的顾虑：秦国很强大，谋刺行为应当慎重，倘若失败，会给燕国酿成灾祸（"往而不返者，竖子也""不测之强秦"）。然而，太子显得鲁莽而冒进，似乎从未考虑若此行失败他将

第一篇 古典的趣味

给他的臣民带来怎样的后果。

看出这几层深意后,便能体味出司马迁对于荆轲事迹的收尾也别具用心。事败之后,司马迁写道:"于是秦王大怒,益发兵诣赵,诏王翦军以伐燕。十月而拔蓟城。"蓟城是燕国的都城,这里"于是"二字的意思很明确了,荆轲的行刺和燕国之后的覆灭有着直接关系,太傅鞠武的判断十分精准,燕太子丹为报私仇致使国家丧亡。司马迁在结尾中记载的第二件事是高渐离延续荆轲的刺杀行为。相较于太子丹对荆轲并无所谓知己的感情,那段著名的"易水送别"和高渐离"举筑扑秦皇帝"则显得感人至深了,这些壮士之间情谊深厚,就如同荆轲的慷慨赴死兼有报死友(田光、樊於期等)之谊一样,高渐离最后的壮举也在报荆轲的情谊。反观燕国王室,忙于逃亡,或推脱,或自保("燕王乃使使斩太子丹,欲献之秦"),坦荡与丑陋,泾渭分明。

从孤立的每一篇我们可以看到这些刺客不惜将生命作为践行信义的手段,"问心无愧地活着,情深义重地死去",这些古风、真性情不仅令太史公神往,或也令今天的我们自惭形秽。但作为一个类传,我们串联所有篇目,也可看出太史公暗藏的伏线,那个私人情谊、个人精神得到高度重视的时代,毕竟是远去了,作为史家,他和聂政的姐姐聂荣一样,"奈何畏殁身之诛,终灭贤弟(刺客)之名?"

文学经典怎么读
从IB中文到批判性阅读

第二篇

现代文实验

第4讲 破解现代诗的路径：我们试读几首好诗

诗歌让很多人望而却步的原因首先在于定义之难。究竟什么是诗？

把文章分成一行一行就是诗吗？似乎不是。押韵的就是诗吗？似乎也不是。而且现代诗可以完全不押韵。诗歌必须要抒情吗？似乎也不是，很多诗读起来很恬静，很温和。

如果我们连什么是诗、什么不是诗都分不清楚，就更别提诗歌含义的高度朦胧了，往往一首诗读下来，每个字都认得，但是真的不晓得诗人在写什么。

确实，这些问题都存在，但倘若我们只是因为这些小小的阻碍就不敢涉足诗歌的殿堂，那未免是桩憾事。事实上，传统语文课现代诗占比很小，IB中文课中很少有学校选择将诗歌作为同题材编组的作品来教学，这些在我看来都是莫大的遗憾。

在美国艾奥瓦作家工作坊，有一天我和翻译系的主任聊起年轻时写诗的经历，他说："每个年轻的人都做过诗

第二篇 现代文实验

人,也是诗歌让我们最初体会到语言的美。"

我想用这一讲来和大家一起读几首小诗,谈一谈诗歌鉴赏的不同层面,或许大家会发现,诗歌从没有我们想象的那么难,而且诗歌确实会让我们体会现代汉语的美。

一、意象-意境:诗人的情网

我们都听说过"意象-意境"的提法,在古典诗歌中就有,常见的例子是马致远的《天净沙·秋思》:

> 枯藤老树昏鸦,
> 小桥流水人家,
> 古道西风瘦马。
> 夕阳西下,断肠人在天涯。

寻找意象,简单地说,就是寻找名词,至于具体这些意象蕴含着怎样的情感,诗人用修饰语提示了我们。藤是枯的,树是老的,乌鸦是黄昏的乌鸦,三个意象点明的都是暮年景象。所谓"意境",就是这些意象组合之后让读者体会到的情感世界,这里的"意"不是"意思",而是"情感"。我们都熟悉这首小令的情感,秋景暗示韶华已逝,这个孤寂的旅客似乎已经一眼望到了人生的尽头。与此类似的是第三句，"古道西风瘦马"，这里的"瘦马"很有意思，本来"瘦"和"老"并没有直接的联系，但是因为这一切的景象都是万物衰亡的惨象，所以这匹瘦马给人的感觉似乎也是行将就木的老马，其瘦骨嶙峋的姿态加深了这种悲苦。

整首小令唯一令人不感到这种悲哀的是次句，"小桥流水人家"。这也是这首诗的妙处，全诗基本都是凄凉的晚秋之景的堆叠，总要给人透气的空间，则第二句就是。但是这个透口气的句子也不轻松，本来"小桥流水人家"很容易让人联想到江南的古镇，可以做旅游海报的广告词的，但我们知道这是个孤独的旅客，是个内心凄苦的人，所以当他看到有几户人家如此安谧地生活在小桥流水旁，更加深了他的孤独。今天网络上开玩笑说，那些明星秀恩爱是"虐单身狗"，其实就有点这个意思。

所以，我们会看到，揣摩意象-意境不难，找到修饰语，用生活经验来理解，再带回到诗人的视角。其实，现代诗歌也是如此。

第二篇　现代文实验

> **小巷**
>
> 顾城
>
> 小巷
>
> 又弯又长
>
> 没有门
>
> 没有窗
>
> 我拿把旧钥匙
>
> 敲着厚厚的墙

其实诗中的情感我们都能体会，对不对？每个人心中都有一个死去的诗人，诗歌就流淌在我们的血液里。如果我们要和别人分享这首诗歌的美好，我们就需要一些载体，比如意象。所以我们还是首先来寻找这首诗中的名词，大概有这些："小巷""（没有）门""（没有）窗""旧钥匙""厚厚的墙"。

我们一一来看，就知道诗人是如何传递他的情感的了。

先是小巷，和之前分析《天净沙·秋思》一样，我们须留意名词的修饰语，"又弯又长"，其实还有一个"小"字。我们可以感受到这首诗在隐喻人生路途。那么对于人生而言，"又弯又长"的小巷意味着什么？曲折，了无尽头的人生。"小"字还强调了这条路的狭窄、闭塞，选择不多，或者是正因为狭窄和闭塞，才显得如此坎坷和悠长。

"门"和"窗"，联系生活实际，这是我们与外界沟通的渠道。顾城的诗里说"没有"，则意味着封闭在这个狭隘的小世界里。

最后两个意象，"旧钥匙"和"厚厚的墙"，这里似乎有一组对比存在。钥匙是开门的，我们都知道，如果可以找到门，或许有通往新生活的希望，但眼前却只有厚厚的墙。我们把这个逻辑总结一下就读出了诗歌的意味：一来，没有新的希望；二来，墙意味着人与人、人与世界之间的隔阂，那样深不可破。

还有一点，我喜欢抓得比较细，什么都不放过。诗歌就是这样，每一个纸面上的字都应该穷究。我们还看到一个"旧"字，这个开启新生活的希望似乎是上一代人留下的，或许在这个时代已经不适用了。但诗人还在敲，可见他对新生活有多么渴望，却始终无法实现这个并不算奢望的理想。

顾城是"朦胧派"代表诗人，我们最熟悉的"黑夜给了我黑色的眼睛，我却用它寻找光明"就来自他的诗篇。"朦胧诗"当初怎么会得这个名号，很大程度就在于诗歌模糊、隐约、含蓄，当时年长一些的诗人觉得读不懂。但是我们从最基础的层面一步一步解析，其实根本没有那么"朦胧"，对不对？

二、核心艺术手法：诗人的手势

除意象-意境之外，诗歌还往往会运用某种核心的艺术手法。"象征"是最常见的，我们刚才从具体的意象本身出发，寻找到了抽象的情感或者内涵，这就是象征手法的体现。除了象征之外，比较常见的还有拟人、比喻等。

我们举个例子：

半棵树

牛汉

真的，我看见过半棵树
在一个荒凉的山丘上
像一个人
为了避开迎面的风暴
侧着身子挺立着
它是被二月的一次雷电

文学经典怎么读

> 从树尖到树根
> 齐楂楂劈掉了半边
> 春天来到的时候
> 半棵树仍然直直地挺立着
> 长满了青青的枝叶
> 半棵树
> 还是一整棵树那样高
> 还是一整棵树那样伟岸
> 人们说
> 雷电还要来劈它
> 因为它还是那么直那么高
> 雷电从远远的天边盯住了它

大家都看到了,这首诗用的核心艺术手法就是拟人。既然是拟人,那么这首诗肯定不是简简单单在写树了,而是将其作为人格的隐喻。

我们把一些平时用于形容人的关键词找出来,如"挺立""伟岸""直""高"。想一想,这些词语常用来形容什么样的人?英雄!坚毅不屈,就算苦难追着他,他也不低头。

第二篇 现代文实验

因此我们看到的是：一个人在遭受身心的巨大戕害后仍然不失人格的饱满、精神的昂扬。

台湾作家齐邦媛写《巨流河》，回忆当年在南开中学念书时，正值抗战，所有人的士气都因日本占据了东北三省而很低落，这时他们看到张伯苓校长每天抬头挺胸走在校园里，说："中国不亡，有我"。张伯苓先生挺拔的身姿、嘹亮的嗓音，真的振奋了一代年轻的学生。

再看一首：

寒风

食指

我来自北方的荒山野林，
和严冬一起在人世降临。
可能因为我粗野又寒冷，
人间对我是一腔的仇恨

为博得人们的好感和亲近，
我慷慨地散落了所有的白银，
并一路狂奔着跑向村舍，
向人们送去丰收的喜讯。

文学经典怎么读

> 而我却因此成了乞丐,
> 四处流落,无处栖身。
> 有一次我试着闯入人家,
> 却被一把推出窗门。
>
> 紧闭的门窗外,人们听任我
> 在饥饿的晕眩中哀号呻吟。
> 我终于明白了,在这地球上,
> 比我冷得多的,是人们的心。

这里用的核心艺术手法同样是拟人。诗歌的情感很直白,只要读到最后一句立刻便能明白。但我专以此诗为例,是想请大家看到,要使全诗的拟人成立,诗人还是花了一点小心思的。

"白银"是什么?为什么"白银"是"送去丰收的喜讯"?

答案不难想到,寒风带来的是雪,"丰收的喜讯"则应了"瑞雪兆丰年",所以,为了让拟人的姿态活灵活现,诗人还借助了比喻。诗中还有两个姿态,是依靠自然物象和人类经验的共性来建立的:"有一次我试着闯入人家,/却

第二篇　现代文实验

被一把推出窗门",这暗合了我们冬天都要把门窗紧闭的习惯;"紧闭的门窗外,人们听任我/在饥饿的晕眩中哀号呻吟",我们都听过严寒时节北风的呼啸声。

最后一个问题,为什么偏偏要选"寒风"这个自然物象?或者,牛汉的《半棵树》为何偏偏要选"树"这个意象?或许大家已经在心里埋怨:诗人真麻烦,有话就不能直说吗?

不能,诗人就是这么麻烦的人——因为直说,读者就不会有感动。事实上,在我看来,这首诗的末两句直抒胸臆已经破坏了朦胧的诗境。我们先说《半棵树》,人的挺拔、刚毅,不足为奇,但是被雷劈过半边还傲然挺立的树,才能带给诗人这种震撼。树犹如此,人何以堪?读者也能体会这种感动,回望自身。《寒风》亦然,世态炎凉说出来多没意思,诗人要让你重新审视你习以为常的冬日生活习惯,让你看到,你也是杀死"寒风"的帮凶,你也是"世态炎凉"的贡献者。更何况,寒风犹且知晓温暖,知晓奉献,人呢?

三、抒情主人公:诗人的吁求

诗歌的抒情主人公,简单来说,就是诗歌中的"我",

诗人通过这个"我"的姿态（动作、心理、神态等）来表达情感。

这种写法我们并不陌生，古诗中经常碰到，比如说，提起李白，我们脑海中永远是个桀骜不驯、英姿飒爽的年轻人的形象；而杜甫则永远是满脸皱纹、郁郁寡欢、时不时还要捶胸顿足的老者形象。但事实上，李白年长杜甫十一岁，杜甫与李白相遇的时候，李白已经是名满天下的著名诗人，而杜甫不过是初露锋芒的"青年诗人"。大家有没有想过，为什么我们印象中的两人与现实中的完全不同呢？

这和两位诗人诗歌中抒情主人公的姿态有很大关系。

笼统而言，杜诗中的"我"含而不露，即便是"露"，我们也可以观察出这个形象的特征：

春望

国破山河在，城春草木深。
感时花溅泪，恨别鸟惊心。
烽火连三月，家书抵万金。
白头搔更短，浑欲不胜簪。

第二篇　现代文实验

> **登高**
> 万里悲秋常作客,百年多病独登台。
> 艰难苦恨繁霜鬓,潦倒新停浊酒杯。
>
> **登岳阳楼**
> 亲朋无一字,老病有孤舟。
> 戎马关山北,凭轩涕泗流。

我们今天说每个明星都有"人设",杜甫的"人设"他自己已经定好了,就是个白发苍苍、动不动就鼻涕眼泪一起流的老头。

李白呢?

> **将进酒**
> 人生得意须尽欢,莫使金樽空对月。
> 天生我材必有用,千金散尽还复来。
>
> **把酒问月**
> 青天有月来几时,我今停杯一问之。

梦游天姥吟留别

安能摧眉折腰事权贵,使我不得开心颜。

李白的"人设"就是个天不怕地不怕的年轻人,就算愁苦,最后也总有办法化解。

这都是从"我"的姿态得到的印象。

现代诗也是同样的道理:

一棵开花的树

席慕蓉

如何让你遇见我

在我最美丽的时刻

为这

我已在佛前求了五百年

求佛让我们结一段尘缘

佛于是把我化作一棵树

长在你必经的路旁

阳光下

慎重地开满了花

朵朵都是我前世的盼望

第二篇　现代文实验

> 当你走近
> 请你细听
> 那颤抖的叶
> 是我等待的热情
> 而当你终于无视地走过
> 在你身后落了一地的
> 朋友啊
> 那不是花瓣
> 那是我凋零的心

当我们去寻找有关这个"我"的动作、神态、心理时，就会看到这些关键词——"求""慎重""请""等待""凋零"。这些词有什么共性特征？

似乎都表达着卑微、被动、胆怯，不敢惊动对方，这是非常真实的暗恋者的心态，所有的付出都是被动的，随佛所化，"长"在路边，"等待""心碎"，悄无声息，连惊动对方的一点勇气都没有，就如俄国诗人普希金《我曾经爱过你》中的句子："我曾经默默无闻，毫无指望地爱过你。"

然而，在这种悄无声息的暗恋背后，却是异常深重的感情,"五百年"的请求,"慎重""热情"和"凋零",可见"我"的付出和坚守,"我"将这份感情视为何等珍贵,这也使得最后"我"那颗"凋零的心"显得何等苍凉。

四、结构:诗歌的时空

以上我们涉及的都是诗歌的内容特征,而诗歌最具魅力的部分其实是它的形式特征——结构和语言,这也是让很多人摸不着头脑的部分。我想说的是,这两个部分实际上并没有我们想象中的那么高深莫测。

我们还是先以一首熟悉的古诗入门。

望岳

杜甫

岱宗夫如何?齐鲁青未了。
造化钟神秀,阴阳割昏晓。
荡胸生层云,决眦入归鸟。
会当凌绝顶,一览众山小。

这首诗中学语文课本里有,我们应该都知晓诗歌中的

第二篇　现代文实验

结构,从"远望"到"近望",从"仰望"到"俯望"。

事实上,时间和空间的转移、腾挪也是现代诗最常见的结构特征。

山

杜运燮

来自平原,而只好放弃平原,
植根于地球,却更想植根于云汉;
茫茫平原的升华,它幻梦的形象,

大家自豪有他,他却永远不满。
他向往的是高远变化万千的天空,
有无尽光热的太阳,博学含蓄的月亮,
笑眼的星群,生命力最丰富的风,
戴雪帽享受寂静冬日的安详。

还喜欢一些有音乐天才的流水,
挂一面瀑布,唱悦耳的质朴山歌;
或者孤独的古庙,招引善男信女俯跪,
有暮鼓晨钟单调地诉说某种饥饿。

文学经典怎么读

> 或者一些怪人隐士,羡慕他,追随他,
> 欣赏人海的波涛起伏,却只能孤独地
> 生活,到夜里,梦着流水流着梦,
> 回到平原上唯一甜蜜的童年记忆。
>
> 他追求,所以不满足,所以更追求:
> 他没有桃花,没有牛羊、炊烟、村落;
> 可以鸟瞰,有更多空气,也有更多石头;
> 因为他只好离开他必需的,他永远寂寞。

这首诗的核心艺术手法也是拟人,用山来呈现一个永不安于现状的人的形象。作为结构这部分的例子,我们一起来看其中间部分的三个诗节有着怎样的逻辑关联。

第二诗节,说到他那无限的"向往",也就暗示此时的他还停留于平原的童年,做着关于未来的好些梦。到了第三诗节,我们看到"或者"将这一小节分成两部分,前一部分是"流水""瀑布"和"质朴山歌",后一部分是"古庙""善男信女"和"暮鼓晨钟"。我先不揭晓两者之中蕴藏着怎样的关系,我们往下看,下一小节还是这组关系的延伸(我们看到另一个"或者"),而这一次则是"怪人隐

第二篇 现代文实验

士",是汹涌的"人海"。这些景和人通常出现在山的哪些部分?

需要解释的是,这里的瀑布,从诗人的口吻("挂一面瀑布")探寻,绝不是黄果树大瀑布或尼亚加拉大瀑布,而是和流水相衬的小瀑布。这里还有唱山歌的人,很可能是每天过来打山泉水的附近住客,也就是说,这里很可能是山比较接近平原的部分。

寺庙我们都知道,至少建在半山腰,所以这个位置比流水瀑布更高一些。"怪人隐士",我们不知道这些人出现在哪里,但是后面跟着"追随他",也就是山有多高,他们就要登多高,那么这个位置又似乎高于古庙了。

因此,这首诗的结构很清晰,是由低到高的顺序,也就是这座山从平原冉冉升起,不断接近他理想中的天空的姿态。其实,除空间外,这里面还有一层逻辑线索,大家看出来了吗?

第四诗节末句说,夜晚做梦的时候,是他能够"回到平原上唯一甜蜜的童年记忆"的时候,平原对应着童年,那么每一次升起也意味着年岁的增长,所以,这里还暗藏了一条时间线。

时空的线索和山不断攀升的气势相互匹配,才让这首诗一气呵成。

我们再看一首不按常理出牌的诗作:

> **断章**
>
> 卞之琳
>
> 你站在桥上看风景,
> 看风景的人在楼上看你。
> 明月装饰了你的窗子,
> 你装饰了别人的梦。

这首诗我们很熟悉,读着读着就感觉诗歌绕回到了起点,这种结构我们叫作"回环结构"。

仅知道回环结构没有用,面对诗歌,我们要探寻的是这种结构是如何实现的。

我们试着这样来看:

第二篇　现代文实验

```
你站在桥上 | 看风景
A | B
看风景的人在楼上看你
B | A
明月装饰了你的窗子
C | A
你装饰了别人的梦
A | C
```

我们会发现，诗歌用两个关键动作的重复串联起了不相关的人物：

第一，"看"这个动作串联了"你"和"看风景的人"。正因为"看风景"这个行为，"你"成了风景的一部分，"看风景的人"实际上也成了"你"的风景的一部分。

不知道大家有没有看过美国电影《盗梦空间》，《盗梦空间》里有镜子时刻，说的是在一个人的前后分别放上一面镜子，这个人就会在镜子里形成无穷无尽的倒影。其实，这两句诗达到的也是类似的效果。

第二,"装饰"这个动作串联了"明月"和"梦"。

梦和明月,一虚一实,这是上一诗节的延展,串联起两个意象之后,谁是虚,谁是实,不重要,重要的是两个意象因为"装饰"而互生,本来不相关的,现在却仿佛生出了无尽的关联。

五、语言:诗歌的音乐

前文提到,诗歌让我们最初体会到语言的美。这或许是指,我们需要读到好诗,才能领会语言的字词、节奏和语音竟然都可以这样把玩。

心井

张德强

掉进水里的一个月亮

以你明媚之笑

照亮了我幽暗的苔壁

你只知道我很深沉

且有点阴冷

却从来不注意我的涟漪

也曾含蓄地激动过

第二篇　现代文实验

> 当你探身打捞自己的倒影时
>
> 仅仅拥有这么一小片天空
> 我也满足了
> 只要每天都能有一副
> 你汲水的姿势
> 无论什么季节
> 我的等待总是恒温的

这首诗和之前分析的席慕蓉的《一棵开花的树》有诸多相似,都是暗恋者的心态。把它作为讨论诗歌语言部分的例子,是想和大家一起关注一些平日被我们忽视的量词和副词的运用:一个(月亮)、一小片(天空)、一副(你汲水的姿势)、只、仅仅……是这些小词的点缀,描摹出了这个暗恋者卑微的姿态,他几乎对对方无欲无求。然而,和所有暗恋者一样,他内心蕴藏的情感是炽热的。这也是从副词的使用中看到的:最后那个"总"字表明了,无论遭到何种漠视与冷遇,也无论这种毫无指望的爱要持续多久,没关系,"我"对"你"许下了天长地久的承诺。

连量词和副词都在诗歌中起着如此重要的作用,是不是在提示我们,我们平时对汉语的关注还不够细致?

我们看一首比较典型的充分调用语言节奏和韵律的诗作:

等你 在雨中

余光中

等你,在雨中,在造虹的雨中
蝉声沉落,蛙声升起
一池的红莲如红焰,在雨中

你来不来都一样,竟感觉
每朵莲都像你
尤其隔着黄昏,隔着这样的细雨

永恒,刹那,刹那,永恒
等你,在时间之外
在时间之外,等你,在刹那,在永恒

如果你的手在我的手里,此刻
如果你的清芬
在我的鼻孔,我会说,小情人

第二篇　现代文实验

> 诺，这只手应该采莲，在吴宫
> 这只手应该
> 摇一柄桂桨，在木兰舟中
>
> 一颗星悬在科学馆的飞檐
> 耳坠子一般的悬着
> 瑞士表说都七点了。忽然你走来
>
> 步雨后的红莲，翩翩，你走来
> 像一首小令
> 从一则爱情的典故里你走来
>
> 从姜白石的词里，有韵地，你走来

相信自己母语的语感，这首诗的整体语言给了你怎样的感受？

重复。

没有错，重复形成了这首诗的韵律，似乎是在反复地念叨。这是一首情诗，其实我们如果联系生活里的经验，自顾自地反复念叨几乎是每一个身陷情网的人逃不过的命运,就好比我们或许在电视剧里看到过的,怀春的少女没办法折腾所爱之人,只好折腾一朵可怜的小花,她把花瓣一瓣一瓣摘下,反复念叨着:他爱我,他不爱我,他爱我,他不爱我……

但同时,我们又看到,诗歌前半部分和后半部分分别重复的关键词又有所不同:前半部分是"等你",重复了三次,而后半部分是"你走来",重复四次。就好像诗人难以遏制激动的心情:啊,快看,她来了,她来了,她真的来了……

我们都知道,新诗的韵律比较松散,有些诗甚至完全不押韵,但我们还是可以试着检查韵脚,看看诗人有没有频繁地使用某一个或某几个韵脚,如果有,则多是有意为之。

在这首诗里,大致有这两个韵脚在重复:"ong"和"ai"。大家或许会对押韵这件事感到迷惑,诗歌为什么要押韵呢?除了朗朗上口之外,还有什么意义?

一切好的艺术形式都与内容相关,而在现代诗中,探索"转韵"的问题时,我们需要同时探索"转意",它们之间是有紧密联系的。

在这首诗里,"ong"来自"中",是诗歌前半部分强化的"在雨中"的等待姿态,这个姿态是静止的。"ai"来自"来",是诗歌后半部分强化的"你走来"的图景。诗歌从前到后,是"ai"韵取代"ong"韵的过程,我们联系诗歌的情感,似乎是诗人坚定的等待、执着的内心最终换来了恋人正面的回应。类似这种两个韵脚转换的写法在现代诗中是比较常见的。

难得读到这么一首精诚所至、金石为开的爱情诗,那么我们就先在这童话般的美好结局中结束这趟诗歌之旅吧。

第5讲　比喻的世界：谈张爱玲《第一炉香》与《金锁记》

一、文本的内与外：张爱玲不只"言情"

在我念中学的时候，有一些书必须是包着"正经书"的书皮藏在课桌下偷偷看的，因为一旦被班主任发现了就会被没收——那是一个没有课的时候，班主任的脸会像门神一样贴到后门玻璃上监视我们的年代，张爱玲、三毛的作品都属此类。而中学时候的我从未想过今后自己会跟文学结下不解之缘，我读张爱玲比较晚，是进大学中文系以后的事情。

我中学时代的老师和家长一听张爱玲就皱眉头，原因是他们多数把张爱玲的小说看成普通意义上的言情小说。这不怪他们，因为太平洋战争爆发后，张爱玲自香港返沪，她选择带着自己的小说手稿拜访的不是别人，正是当时"鸳鸯蝴蝶派"的代表作家、《紫罗兰》月刊的主编周瘦鹃。"鸳鸯蝴蝶派"，一听名字就知道，写的多是才子佳人情情爱爱的小说，张爱玲的小说之所以能够风靡全城，和她借着言情小说的幌子走大众路线很有关系。出版自己的首部

第二篇　现代文实验

小说集《传奇》之时,她甚至说,倘若有利于宣传这本集子,要拿她显赫的家世(她是李鸿章的曾外孙女)做文章也是可以的,而后,《传奇》出版四天即重印,可见这位才女在当时大红大紫的程度。

"张爱玲热"至今仍未退烧,我以前上课的时候跟学生开过玩笑,你随便写一句有关爱情或人生的句子,只要在后面加个括号,括号里注明"张爱玲"三字,这句话就可以在微博上被人疯转,可见其魅力依然。

确实,爱情是张爱玲小说的一大主题,但她的笔力远超于寻常的言情小说。这里边的区别,简单点说就是,寻常的言情小说都在美化爱情的那层虚幻外壳,引少女如《包法利夫人》里的爱玛那样痴痴盼望浪漫的爱情,而张爱玲只是把爱情当作现代都市人日常生活的素材,她无情地戳破那层"幻梦",展露人生的空虚和都市人的庸碌。就拿《封锁》来说,小说写的是上海某辆遭遇封锁而停下的电车上,一个普通的上班族吕宗桢为躲一个穷亲戚假意和普通的中学女教师吴翠远搭讪,没想到两人有一搭没一搭地聊着,竟谈起恋爱来。就在吕宗桢半开玩笑地提出要重新结婚，还问吴翠远是不是自由身时，吴翠远当真了，哭起来。为了不引起围观，吕宗桢问她要电话号码。就在此刻，封锁令解除，吴翠远揣想着她和吕宗桢的未来，揣想他打来电话时自己未免心潮澎湃。张爱玲在1946年《传奇》的增订本里删繁就简，如此给这个电车爱情故事收尾：

> 电车里点上了灯，她一睁眼望见他遥遥坐在他原先的位子上。她震了一震——原来他并没有下车去！她明白他的意思了：封锁期间的一切，等于没有发生。整个的上海打了个盹，做了个不近情理的梦。
>
> 开电车的放声唱道："可怜啊可怜！一个人啊没钱！可怜啊可……"一个疯穷婆子慌里慌张掠过车头，横穿过马路。开电车的大喝道："猪猡！"

吴翠远以为的未来不会发生，甚至她经历的"现在"也不过是逢场作戏，然而，这就是这座摩登都市的日常，每个人都戴着假面，谨小慎微、按部就班地活着，唯一摘下假面的时候是短暂的越轨之举，然而这只是短暂的一瞬，一个"苍凉的手势"，人们不会挣破都市无聊生活的牢笼。

第二篇 现代文实验

实际上，联系这篇小说的背景，可以看到张爱玲更大的写作野心。上海在1937年11月淞沪会战后沦陷，此时只有租界是日军势力未至的地方，像大海中的散落岛屿，故称"孤岛时期"；1941年12月太平洋战争爆发，日军进攻法租界和公共租界；1943年1月，英、美两国取消了在华的租界。《封锁》就是写于这一时期，借张爱玲的话说，这是"乱世"。封锁令暗示着上海时局动荡，可到了世俗男女口中不过成了搭讪的借口："这封锁，几时完哪？真讨厌！"

张爱玲亲历过战争，知晓战争的残酷无情，也知晓比战争更残酷无情的是都市里的饮食男女，她写道："在香港，我们得到开战的消息的时候，宿舍里的一个女同学发起急来，道：'怎么办呢？没有适当的衣服穿！'"她也记得"香港陷落后我们怎样满街的找寻冰淇淋和嘴唇膏"。即便在香港大学这样的高等学府，战争开始时，"港大的学生大都乐得欢蹦乱跳，因为十二月八日正是大考的第一天，平白地免考是千载难逢的盛事"。所以，这封锁时的电车也是张爱玲脑海中勾勒出的"时代的车"：

文学经典怎么读

> 时代的车轰轰地往前开。我们坐在车上,经过的也许不过是几条熟悉的街道,可是在漫天的火光中也自惊心动魄。就可惜我们只顾忙着在一瞥即逝的店铺的橱窗里找寻我们自己的影子——我们只看见自己的脸,苍白,渺小;我们的自私与空虚,我们恬不知耻的愚蠢——谁都像我们一样,然而我们每人都是孤独的。(《烬余录》)

二、比喻里的褒贬:兼谈叙事口吻

如今我们对张爱玲的主旨深度已达成一定共识,我们再一同来探讨一个技巧性的问题:张爱玲作品中的比喻。

提起比喻,语文老师都教过我们,这是一种修辞手法,需要找到本体、喻体和相似点,而后在答题的时候务必突出"生动形象"。这本没有错,问题在于当这种答题方法变成一种套路甚至公式,放之四海而皆准,我们就很难有针对性地评析某个作家独特的风格了。进大学后写论文,大学老师提点我们的第一课就是:你们读一下自己的评论,会不会套用到鲁迅身上也可以,套用到张爱玲身上也可以?如果真是这样,那说明,你们写的都是废话!他说得很有道理,鲁迅和张爱玲两人的风格迥异,怎可一概而论?如

第二篇　现代文实验

果为了答题的需要而以为点出"生动形象"即可得分，那么我们很难真正与这些杰出作家展开对话。

比喻，既然是修辞，也就是通过对语言修饰增强表达的手段，首先会影响情感色彩。沪语中有言，一句话说得人笑，一句话说得人跳，就是指这个意思，笑和跳，都是说话人希望自己的话语所能引起的效果。张爱玲的写作语言十分讲究，效果往往惊人，我随便举个例子，《琉璃瓦》里的三女儿心心没看中父母给她安排的相亲对象，倒看中了这相亲对象手下的基层小职员，母亲疑心，问是不是没看清楚，心心这么回答：

"没有看清楚，倒又好了！那个人，椰子似的圆滚滚的头。头发朝后梳，前面就是脸，头发朝前梳，后面就是脸——简直没有分别！"

这里头有个比喻，相亲对象的头如同椰子，但是相似点岂止"圆滚滚"，而是那人丑到"面目模糊"，五官是平的，好比椰子那层皮。不知道现在的年轻学生还看不看美剧《老友记》，第一集里瑞秋穿着婚纱从婚礼现场逃走。这里有一个重要的问题是，她的未婚夫白瑞各方面条件都不错,职业是牙医,在美国绝对是高薪的保证,人看起来也还算老实本分,似乎也非常喜欢瑞秋,这桩婚事双方的家人都挺满意,那为什么瑞秋要逃婚呢?之后有个细节,不知大家是否留意到了,瑞秋有一回盯着土豆说:"啊,我终于知道为什么白瑞给我一种非常熟悉的感觉了,因为他的脑袋就像颗土豆!"

我们立马就听明白了,和心心一样,瑞秋无法接受一个丑陋的丈夫。其实,比喻里暗藏褒贬我们应当十分熟悉,因为我们儿时都有给人起绰号或者被人起绰号的经历,为什么有的绰号令我们沾沾自喜,有的绰号叫出来甚至会引发打架,就是源于这其中的情感色彩。中学时期,我有个男同学嘴唇奇厚,得了个绰号叫"柚子皮"(沪语:文旦皮),每一次被喊,这个同学都火冒三丈,因为他察觉出这里边有嘲笑的意思。

张爱玲的《金锁记》里也有个类似的针对厚嘴唇的比喻。曹七巧的儿子长白娶芝寿为妻的新婚之夜,长安在和母亲七巧议论这新娘子:

第二篇　现代文实验

> 长安在门口赶上了她，悄悄笑道："皮色倒白净，就是嘴唇太厚了些。"七巧把手撑着门，拔下一只金挖耳来搔搔头，冷笑道："还说呢！你新嫂子这两片嘴唇，切切倒有一大碟子！"

七巧这话带着刻薄的幽默，"切切倒有一大碟子"，究竟是一大碟子什么呢？话没有说满，是为了让我们自行"脑补"，香肠？猪肚？猪耳？猪舌？总之是八九不离十。相比之下，我的同学得的绰号"柚子皮"还算客气的。话说回来，为什么我们都能感到七巧这话更尖酸呢？

因为这里有个非常重要的动词"切"，这儿媳刚过门，做婆婆的已经对她动了杀机。之后，果不其然，七巧经常霸占着儿子不让他和妻子芝寿相好，甚至为了达到抢占儿子的目的，不惜喂儿子鸦片烟。张爱玲对芝寿受虐后的下场也有惟妙惟肖的描绘，用的仍旧是比喻：

> 芝寿直挺挺躺在床上，搁在肋骨上的两只手蜷曲着像宰了的鸡的脚爪。

先只是"切"下一块，最终是"宰了"，可见这婆婆的扭曲和变态。涉及芝寿的两个喻体都是可装盘的菜肴，也值得深究，嫁入姜家的芝寿注定成了这个晚清遗老家族里供在案上的祭品。

三、联想与潜台词：破解场景的"陌生感"

> 那是个潮湿的春天的晚上，香港山上的雾是最有名的。梁家那白房子黏黏地溶化在白雾里，只看见绿玻璃窗里晃动着灯光，绿幽幽地，一方一方，像薄荷酒里的冰块。渐渐地冰块也化了水——雾浓了，窗格子里的灯光也消失了。

这是张爱玲名篇《第一炉香》里的一段，此处有一个非常漂亮的喻体——"薄荷酒里的冰块"，我们感到这个喻体引起的情感似乎有着正面指向。为什么这个情感指向是正面的？我们退回去多思考一步，张爱玲的修辞意图就更明显了——"薄荷酒里的冰块"通常出现在怎样的生活情境里？

富有小资情调的酒吧或餐厅里。这个酒可能就是莫吉托，所以啊，这似乎很是光鲜亮丽，可以拍张照发微信

第二篇　现代文实验

"朋友圈"的，这个情感指向当然是正面的。

《第一炉香》的情节不算复杂，讲的是一个很普通的上海姑娘葛薇龙来到香港求学，因家道中落，去求一位早年因名声不好跟家里断绝来往的姑妈接济自己，而后逐渐步姑妈后尘，沦为交际花。而这一段对姑妈家白房子的描述是葛薇龙第二次来拜访姑妈。那么第一次来到姑妈家的时候，这白房子给葛薇龙留下的印象是怎样的呢？

> 薇龙站住了歇了一会儿脚，倒有点惘然。再回头看姑妈的家，依稀还见那黄地红边的窗棂，绿玻璃窗里映着海色。那巍巍的白房子，盖着绿色的琉璃瓦，很有点像古代的皇陵。薇龙自己觉得是《聊斋志异》里的书生，上山去探亲出来之后，转眼间那贵家宅第已经化成一座大坟山；如果梁家那白房子变了坟，她也许并不惊奇。她看她姑母是个有本领的女人，一手挽住了时代的巨轮，在她自己的小天地里，留住了满清末年的淫逸空气，关起门来做小型慈禧太后。薇龙这么想着："至于我，我既睁着眼走进了这鬼气森森的世界，若是中了邪，我怪谁去？可是我们到底是姑侄，她被面子拘住了，只要我行得正，立得正，不

怕她不以礼相待。外头人说闲话，尽他们说去，我念我的书。将来遇到真正喜欢我的人，自然会明白的，决不会相信那些无聊的流言。"

张爱玲用的也是比喻，但和"薄荷酒里的冰块"完全不一样，是"古代的皇陵"，是"大坟山"，彼时葛薇龙的心理反应是怎样的？我们可以设身处地地想象，走入《聊斋志异》，走入"鬼气森森的世界"。这就好比鬼片的女主角，来到了一个阴森的皇陵，里面的老太太越看越像早就死掉了的慈禧太后，几个丫头也不像人，都像鬼，那不小心闯进来的"我"将会遭遇怎样的未来？不是为她们陪葬，就是一样也成了鬼。因此，这里首先有恐惧，触发了葛薇龙的心理防御机制，具体表现为，她即便"入住"，也要"行得正，立得正"，和他们保持距离。

其实第二次来梁家距离上一次的离开没几天工夫，但是"坟山"却成了"薄荷酒里的冰块"，葛薇龙仿佛再不觉得是闯进鬼屋，而是踏进高档酒吧。如果说姑妈的白房子还是原来的那栋白房子，变的只能是葛薇龙的心理，二度踏访的她感受到的是一种富有物质生活情调的诱惑，她内心的欲望也在苏醒，而后，也是她的欲望致使她一步步掉入深渊——她自己也成了这座现代都市的欲望的一部分。

四、对照与"张腔"：寻觅小说主线

如果仅是针对单一的选段，那么我们已经完成了扎实的文本分析，不过一位第一流的作家，即便运用最寻常的修辞技法，也带有其个人的鲜明特征，英语中把这个特征称作是艺术家的"签名"。不知道大家有没有观赏西方油画的经历，西方画家会把自己的签名藏在画布上，一个油画迷绝不会放过寻找画家签名的游戏，现在也是一样，与其点到这里为止，不如我们趁热打铁，一同追踪张爱玲的"签名"。

作家毕飞宇在《小说课》里道：每个作家都有体温，张爱玲是冷的。我们一直用"苍凉感"来形容这位才女的文字给人的感受，究竟这苍凉感因何而起呢？

这是个大问题，可以从很多方面探寻，而这一讲我仅就比喻来回应。

先回到"薄荷酒里的冰块"这个例子，我们方才比较了葛薇龙两次拜访梁家心理感受的不同，不过话说回来，既然都是针对同一所白房子，都是绿玻璃窗，那么有没有什么共同的地方呢？如果说这房子给葛薇龙留下的第一印象，是坟山，那么这"绿玻璃"好比坟山里的什么？很可能像我们俗称的"鬼火"。第二次探访，绿玻璃窗这个细节无疑被放大了，我们可顺藤摸瓜，看这部小说里的绿色被赋予了怎样的含义？

绿色在文本中主要出现在这两个主要人物身上。

葛薇龙的姑妈梁太太甫亮相，

> 一身黑，黑草帽檐上垂下绿色的面网，面网上扣着一个指甲大小的绿宝石蜘蛛，在日光中闪闪烁烁，正爬在她腮帮子上，一亮一暗，亮的时候像一颗欲坠未坠的泪珠，暗的时候便像一粒青痣。

周吉婕和乔琪乔都是混血儿，都有"绿色的眼睛"，而更要命的是，葛薇龙被乔琪乔那双绿眼睛一打量，

> 她觉得她的手臂像热腾腾的牛奶似的，从青色的壶里倒了出来，管也管不住，整个的自己全泼出来了。

第二篇　现代文实验

一经对照，不难想见，绿色在这个文本里别具深意，成了欲望的暗语。后面那个情境，我们今天称为"投怀送抱"，也就是说，乔琪乔那双绿眼睛有着"色诱"的魅惑。"色诱"换用文绉绉的话说，就是指乔琪乔具有情欲的人格。这绿色（欲望）的下场极有可能是灾难，牛奶泼出来覆水难收，梁太太"绿宝石蜘蛛"的暗示则更恐怖。在我儿时《黑猫警长》的动画片正流行，有一集讲的是"螳螂结婚"，婚后雌螳螂把雄螳螂给吃掉了，简直给我留下了童年阴影，后来我知道这是大自然的规律。蜘蛛也是一样，交配后雌蜘蛛会吞掉雄蜘蛛。所以这个黑网上扣着"绿宝石蜘蛛"的妇人很有点黑寡妇蜘蛛的味道，对"丈夫"尚且如此，像葛薇龙这样的穷亲戚自然更不在话下。

小说中梁家的白房子外景上有绿玻璃窗，内景还有一株盛在宝蓝瓷盘里的绿色仙人掌，

> 正是含苞欲放，那苍绿的厚叶子，四下里探着头，像一窠青蛇，那枝头的一捻红，便像吐出的蛇信子……

"苞"和"厚叶子"各有何隐射，明眼人一看便知，而这青蛇的喻体，不由人不联想至《圣经》里蛇引诱夏娃犯

文学经典怎么读

下原罪的故事。

如此，我们会看到张爱玲运用比喻建构起来的世界有这样的特征：外表美艳，光彩照人，但内核不是凶恶就是糜烂。所以，当葛薇龙二度造访姑妈家被"薄荷酒里的冰块"深深迷醉时，作为读者的我们已经倒吸一口凉气，我们知道这杯莫吉多喝不得，这是杯毒酒。

这种外表和内核的对照出现在张爱玲多部小说的内景构建和人物塑造上，尤以《金锁记》为典型。

整个姜家富丽堂皇，有着黄金色的外壳（"金指甲套子""微微呛人的金灰""金三事儿和钥匙"等)，然而繁华掩盖不了家里一个找不见阳光的房里有一个得了软骨病的儿子——一具腐烂的活尸。

姜家的曹七巧也是，一身华丽的衣裳，拨给兄嫂的礼物都很体面，"金镯子""金挖耳""金稞子"等，然而，

> 她睁着眼直勾勾朝前望着，耳朵上的实心小金坠子像两只铜钉把她钉在门上——玻璃匣子里蝴蝶的标本，鲜艳而凄怆。

118

第二篇　现代文实验

分家之后，在七巧自己做主的家，她的一双儿女长白和长安华服素裹，"一个穿着品蓝摹本缎棉袍，一个穿着葱绿遍地锦棉袍"，长白甚至还镶有"金牙"，然而，他们"都是薄薄的两张白脸，并排站着，纸糊的人儿似的"。

还有嫁入姜家的无辜的芝寿，她新房的布置可谓奢华：

> 屋里看得分明那玫瑰紫绣花椅披桌布，大红平金五凤齐飞的围屏，水红软缎对联，绣着盘花篆字。梳妆台上红绿丝网络着银粉缸、银漱盂、银花瓶，里面满满盛着喜字，帐檐上垂下五彩攒金绕绒花球、花盆、如意、粽子，下面滴溜溜坠着指头大的琉璃珠和尺来长的桃红穗子。偌大一间房里充塞着箱笼、被褥、铺陈，不见得她就找不出一条汗巾子来上吊，她又倒到床上去。月光里，她脚没有一点血色——青、绿、紫，冷去的尸身的颜色。她想死，她想死。她怕这月亮光，又不敢开灯。

这几处对照透露着相同的主题：华美的外表之下隐藏着死亡的内质。这也是张爱玲对晚清遗老遗少这一群体的洞察。因有了这层对照，再美的名物到了张爱玲笔下都免不了沾上些"腐尸气"。

五、以实写虚：苍凉感与摩登都市

知名学者许子东在《物化苍凉——张爱玲意象技巧初探》中，比较张爱玲和钱锺书的比喻手法和意象营造时，有一个发现，即他们笔下的"喻体与本体（意象与被象征物）之间的位置关系常常是颠倒的"。

许子东引用的例子也是两位作家反复为人称道的名句，如钱锺书在《围城》里写的：

> 沈太太的嘴唇涂的浓胭脂给唾沫带进了嘴，把黯黄崎岖的牙齿染道红痕，血淋淋的像侦探小说里的谋杀案的线索……
>
> 她只穿绯霞色抹胸，海蓝色贴肉短裤，漏空白皮鞋里露出涂红的指甲……有人叫她"真理"，因为据说"真理是赤裸裸的"，鲍小姐并未一丝不挂，所以他们修正为"局部的真理"。

张爱玲的比喻也是俯拾皆是，譬如我们方才分析的《第一炉香》里的摹写：

第二篇　现代文实验

> 梁家那白屋子黏黏地融化在白雾里,只看到绿玻璃窗里晃动着灯光,绿幽幽地,一方一方,像薄荷酒里的冰块。渐渐地冰块也化了水——雾浓了,窗格子里的灯光也消失了。

还有张爱玲长久为人传诵的名言:

人生是一袭华丽的袍子,上面爬满了虱子。

钱锺书的比喻都是把具体的实物比作抽象的事物,用许子东的话来说,是本体、喻体之间的"长途输送",因而"必须补以逻辑说明,而且本体、喻体常呈现性质类别上的强烈反差";张爱玲则属"逆向营造",把抽象的事物或"离叙事主体较远、较虚的风景(乃至想象)"比作眼前的具体实物,喻体伴随着延展的动作,如冰块"化了水",又如袍子上"爬满了虱子",从而"发展成充满暗示的丰富意象"。

在继续探究张爱玲这种"以实写虚"的意象技巧前,先扯开谈一谈我的一位朋友分享的有关看美国惊悚片和日本惊悚片的不同感受。这位朋友说得笼统,说美国惊悚片让她觉得恶心，但不恐惧；日本惊悚片则让她不觉得恶心，但极为恐惧，看后可以一连几天都瑟瑟发抖，为什么会这样呢？

她告诉我说："你看，美国的惊悚片很多都设置在与世隔绝的地方，恐怖游轮、林中小屋、禁闭岛、沙漠荒原边上的汽车旅馆等，看的时候虽然被那些暴力血腥的画面所震撼，但看完之后我想，反正那些地方我也不会去，我还是很安全的。反过来，你看日本的惊悚片，多发生在家里、医院、学校，而且引起鬼出来的道具都很日常，镜子、第三间厕所、电视机……这些地方我无法回避，这些东西我每天都在用，所以电影结束，上厕所这么小的事情，都让我毛骨悚然。"

我借这个视角来看张爱玲的名物世界，与钱锺书激发读者的逻辑思考不同，张爱玲激发的是读者的情感体验，人生或许是你所无法体会的，但是至少华丽的袍子你一定见过，那么虱子爬在上头的感受你不难想象，于是抽象的事物就变得可见、可触、可感。

此外，我们或许还感到一种颠覆感，把人生比作华丽

第二篇　现代文实验

的袍子实际上是一种窄化，逻辑上多少显得莫名其妙。她笔下其他的比喻也是如此：

> 整个世界像灰色耶圣诞卡，一切都是影影绰绰的，什么是真的？什么是假的？"真正存在的只是一朵顶大的象牙红，简单、原始的、碗口大、桶口大……"（《第一炉香》）

世界怎么会像圣诞节卡片呢？怎么可能世界只存在一朵顶大的象牙红？这在小说里固然要从葛薇龙此时此刻的心理来分析，不过我们把张爱玲的这些比喻技巧串联起来看，就不难发现其中浸润着张爱玲自己的美学，"什么是真的？什么是假的？"她对这个问题也有独到的看法。

这一讲的开头我们提到《封锁》，其实在《封锁》里，我们已经看到了真与假的颠覆——伪善的人都成了都市里的"好人"，而战争和沦陷对都市人而言虽是现实，但遥远；相反地，被老婆逼着到弄堂里买菠菜包子，封锁的电车上忽然多出来的时间要怎么"杀"，才是都市人挂念的切近的"真实"。不少人将《封锁》视作微缩版的《倾城之恋》，借这个视点，类似的"小题材"（爱情）与"大题材"

123

文学经典怎么读

（战争）的颠覆在《倾城之恋》里则更为明显。对于白流苏这样的凡人来说，一座城倾覆是不打紧的小事，至少她没死，但是和范柳原的爱情能不能开花结果却是她人生成败的大事。就是因为她没死，腔子里还有一口气在，就得抓住这个丈夫让自己的后半生扬眉吐气。一如张爱玲本人对太平洋战争爆发的回忆，打仗是与己无关的较远较虚的事情，但有没有好吃的冰淇淋，有没有漂亮衣服穿，明天还考不考期末考试，才是她那班同学真正关心的日常。

张爱玲文学世界里的那些具象的喻体，才是小市民眼中世界的真实构成，有了这个认识，那些对抽象事物的窄化就变得顺理成章。和鲁迅这样动辄自省的作家不同，张爱玲无意批评芸芸众生的自私自利，她把自己也看作小市民中的一员，说到底，不过都是"软弱的凡人"，在任何一个时代，凡人远远多过英雄，张爱玲认为凡人比英雄更能承载这时代的总量，因而她笔下没有悲壮的英雄，只有苍凉的凡人。

第二篇　现代文实验

第6讲　叙事的艺术：谈莫言的《红高粱》

一、推陈出新的抗战文学：青年莫言的野心

谈莫言的《红高粱》，我们首先要还原莫言还是个青年作家时面对的文学语境。提到"语境"，大家感觉很抽象，毕竟距离今天很遥远了，但我们可以看几张图。

这是电影《地道战》的插图，你能不能看出哪一个是正面人物？哪一个是反面人物？

答案很明显，对吧？

我再给出几幅20世纪五六十年代抗日影片的主角海报，大家看看有什么特征？

大家应该不难概括出其共同点，这些英雄均是浓眉大眼、国字脸，眼神刚毅，即便是孩子，也不例外。

再给大家看一张历史上真实的董存瑞照片，我们可以与电影中的形象比照一下：

第二篇　现代文实验

不难发现，电影中的英雄外形经过了一定的美化。这是当时抗日电影里的正面人物，那么，反面人物又会得到何等"礼遇"呢？

这些人物在外形上就给我们以丑陋、胆小、滑稽的印象。对于20世纪五六十年代二元对立的艺术模式，陈思和教授在《中国当代文学史教程》里有非常生动的概述：

> "我军"系统是用一系列光明的词语组成：英雄人物（包括共产党领导下的各种军队和游击队战士，以及苦大仇深的农民），他们通常是出身贫苦，大公无私，英勇善战，不怕牺牲，不会轻易死亡，没有性欲，没有私念，没有精神危机，甚至相貌也有规定：高大威武，眼睛黑而发亮，不肥胖，等等。
>
> "敌军"系统是用黑暗的词语组成：反面人物（包括国

文学经典怎么读

> 民党军队、日本侵略军队、汉奸军队的官兵，以及土匪恶霸地主特务等一切坏人），他们通常喜欢劫掠财富，贪婪，邪恶、愚蠢、阴险、自私、残忍，有破坏性和动摇性，最终一定失败，长相也规定为恶劣、丑陋，有生理缺陷……

我们说现在是"看脸的社会"，当时或许有过之而无不及，如果长得不够英俊，就只能"进入""敌军"系统了。

这样的艺术模式还有一个特点，即凡是不符合主旋律的情节都会被毫不留情地砍掉。电影《地道战》的导演任旭东后来谈这部电影，说他当初希望加一些"博观众一笑"的"调味品"，比如民兵队长和未婚妻在地道里谈恋爱等，最后都被认为完全没有教育意义，甚至冲淡主旨内容，扭曲革命真实，只得接受删除的命运。

而这，是莫言写《红高粱》之前，中国艺术界公认的抗战题材创作范式。我们很容易看到，莫言对这个艺术模式有很大的突破。

读完小说，我们都可以问自己一个很简单的问题：《红高粱》中的英雄是董存瑞这样的"高大全"角色吗？

第二篇　现代文实验

显然不是。余占鳌，小说主角，这是个抗日英雄，但同时也是不折不扣的土匪。一方面，他有英勇、正义的一面；另一方面，他又野蛮暴力。戴凤莲，也是抗日英雄，女中豪杰，但同时她又是个浪荡女人，听到这道德伦理观保守的人禁不住皱起眉头。再看罗汉大爷，质朴、忠诚、正义，但他和戴凤莲之间的关系似乎并不是单纯的主仆关系。冷支队长，这是抗日正规军的官员，但却狡诈，坐收渔翁之利。还有那王文义，大家读完一定印象颇深，他最后也去打伏击，但他胆小如鼠，实际上是被老婆逼上梁山的。小说中唯一接近"高大全"的角色是任副官，但很有意思，莫言没有把他作为主要人物书写，而且这个人死得很荒唐。

再举一个反面人物的例子，余大牙，奸淫妇女，一个十足的坏蛋。可是他死的时候异常慷慨、英勇。

所以我们会看到，莫言的《红高粱》突破了意识形态对战争题材艺术作品的限制，或者说，莫言力求展现的不再是官方话语，他站在一个鲜活的民间立场写作。

关于官方话语和民间话语的区别，《红高粱》里就有充分的例证，比如我们可以看县志对刘罗汉的记载：

> 农民刘罗汉，乘夜潜入，用铁锨铲伤骡蹄马腿无数，被捉获。翌日，日军在拴马桩上将刘罗汉剥皮零割示众。刘面无惧色，骂不绝口，至死方休。

如果不看小说中具体的场景，这个"骂不绝口"暗示他在骂谁？骂什么？一定是日本人，一定是他慷慨激昂地说："我宁死不屈！"对不对？

但实际上他在骂谁呢？

日军找来杀猪匠孙五给刘罗汉剥皮，孙五逼于无奈，一直喊着："大哥，你忍忍吧！"而刘罗汉的谩骂实际是冲着他的：

> 罗汉大爷把一口血痰吐到孙五脸上。
> "剥吧，操你祖宗，剥吧！"

莫言为什么要这么写？大家或许还年轻，但已经发现了，人性是复杂的，没有一个人是十全十美的，历史同样如此，但却很容易被后人做非黑即白的简单化处理。莫言

第二篇　现代文实验

的《红高粱》更接近人性和历史的真实。

有了这个共识，我们一同正式领略莫言的叙事艺术。

二、究竟谁在讲故事：违背常规的叙事者

我们先回答一个非常基础的问题：这个小说的叙事者是谁？

"我"，余占鳌的孙子。

再追问一个问题，这个"我"是全知叙事还是限知叙事？

所谓"全知"和"限知"，是就叙事者是否逾越了某个单一人物狭隘的视角，并进而掌握更全面的关于故事的信息而言。在一般情况下，第三人称叙事往往可以达成全知叙事，叙事者可在几个人物之间随意切换，从不同人的视角讲述整个故事；第一人称叙事者则更多行拘于"我"这个躯壳，只能讲述"我"所知晓的部分，而跳过"我"不知晓的其余部分。

举个例子，美国的单口喜剧演员马兹·乔布拉尼在一

次表演秀中谈及去迪拜的经历:

> 人都会被各种成见和刻板印象困扰,我也是。我在迪拜的时候,知道有很多印度人在迪拜打工,收入微薄,所以我就觉得所有的印度人一定都是打工仔,我忘记那里肯定也有很成功的印度人。我在那里做演出,工作人员说:"我们会找个司机来接你。"然后我走出酒店大堂,看到一个穿着便宜的西服、留着一点点胡子的印度人,我觉得他一定是我的司机,因为他也一直站在那里盯着我看。
>
> 于是我走过去,说:"你好,请问你是来接我的司机吗?"
> 他答道:"不是,这座酒店是我的。"
> 我愣住了,但我问他:"那么你干吗盯着我看?"
> 他说:"我以为你是我的司机。"

这是一个典型的第一人称限知叙事,因为"我"的认识有局限,所以才引发之后的误会。如果改成第三人称全知叙事,那么这个故事可能会变成这样:

> 马兹做完演出,走出酒店大堂,工作人员先前跟他打过招呼,会派个司机来接他。他瞥见一个穿着便宜西服的

第二篇　现代文实验

> 印度人,以为那个人就是他的司机,完全不知道这个人实际上是这家酒店的老板,于是他傻呵呵地走过去,问他:"你是来接我的司机吗?"

后面我不赘述了,这段中"完全不知道这个人实际上是这家酒店的老板"透露出有个掌握更多信息的叙事者在讲这个故事,所以是全知叙事。第三人称也可以构成限知叙事,就是完全跟随一个人的视角来讲故事,比如说,如果我们把先前马兹的段子中的"我"机械性地改作"他",那么这个部分仍然是限知叙事,因为没有超出这个人物的视角。

回到《红高粱》,这个"我"是全知叙事,还是限知叙事呢?

我们会发现小说中有这样的段落:

> 很快,队伍钻进了高粱地。我父亲本能地感觉到队伍是向着东南方向开进的。适才走过的这段土路是由村庄直接通向墨水河边的唯一的道路。这条狭窄的土路在白天颜色青白,路原是由乌油油的黑土筑成,但久经践踏,黑色

文学经典怎么读

> 都沉淀到底层,路上叠印过多少牛羊的花瓣蹄印和骡马毛驴的半圆蹄印,马骡驴粪像干萎的苹果,牛粪像虫蛀过的薄饼,羊粪稀拉拉像震落的黑豆。父亲常走这条路,后来他在日本炭窑中苦熬岁月时,眼前常常闪过这条路。父亲不知道我的奶奶在这条土路上主演过多少风流悲喜剧,我知道。父亲也不知道在高粱阴影遮掩着的黑土上,曾经躺过奶奶洁白如玉的光滑肉体,我也知道。

最后几句表明"我"知晓整个高粱地打伏击,也知道所有"我爷爷"和"我奶奶"浪漫爱情故事的细节,因而这个"我"实际承担的是一个"全知叙事者"的角色。

但是小说里显然还有玄机,虽然看起来是"我"在讲故事,但叙事视角其实用的是"我父亲",从小说开头就建立了这个视角:

> 一九三九年古历八月初九,我父亲这个土匪种十四岁多一点。他跟着后来名满天下的传奇英雄余占鳌司令的队伍去胶平公路伏击日本人的汽车队。奶奶披着夹袄,送他们到村头。余司令说:"立住吧。"奶奶就立住了。奶奶对我父亲说:"豆官,听你干爹的话。"父亲没吱声,他看着

第二篇　现代文实验

> 奶奶高大的身躯，嗅着奶奶的夹袄里散出的热烘烘的香味，突然感到凉气逼人，他打了一个颤，肚子咕噜噜响一阵。余司令拍了一下父亲的头，说："走，干儿。"

所以这个小说实际上有两个叙事人，除"我"之外，还有个第三人称的"我父亲"，结合我们先前看到的段落，不难发现，"我父亲"是限知叙事人。

如果我们再考虑两个叙事人的所属时间，以及与整个事件的关系，我们就能列出这样一个表格：

叙事人	与事件的关系	所属时间	全知叙事/限知叙事
"我父亲"	亲历者	过去	限知
"我"	对话者与评论者	现在	全知

很多时候，艺术家就是要推陈出新，就要铆着一种"以前人都这么干，我偏不这么干"的倔强劲道。我们看到，莫言之前打破的是二元对立的叙事模式，而这里打破的是单一叙事以及第一人称限知叙事的传统，不过光"推陈出新"没用，重要的是艺术家还得证明"我的这个新就是比你们先前那些旧东西更好"。

这里的两个叙事人有什么单一叙事人无法达成的效果

文学经典怎么读

呢？此处全知和限知的逆转有什么意义呢？

我们再读一读方才引用的小说开场，莫言实际上营造的是一种"现场感"，整个小说的结构主线就是打伏击的那一天，从清早奶奶送父亲出门到最后奶奶死在日军的子弹下，冷支队长来收拾残局。而作为读者的我们，跟随着"我父亲"这个十四岁少年鲜活的双眼，仿佛回到了生猛的战场。不过，很多第三人称限知叙事也可以达到这个效果，不足为奇，关键问题在于，莫言为何还要加一个"我"呢？有哪些部分是"我父亲"无法完成的？

"我爷爷"和"我奶奶"的爱情故事，发生在这个十四岁少年出生之前，还有一点，这个少年才十四岁，由于人生阅历所限，有很多事情他闹不明白，莫言很难脱离这种年龄的局限，写一部真正对高密东北乡民间性格有深度洞察的面向成年读者的小说。而有了"我"的便利，很多可能性就打开了：

> ……我终于悟到：高密东北乡无疑是地球上最美丽最丑陋、最超脱最世俗、最圣洁最龌龊、最英雄好汉最王八蛋、最能喝酒最能爱的地方。

第二篇　现代文实验

这样的概括显然是彼时十四岁的"我父亲"无法完成的。

还有一点很有意思,重写历史从来不是重写历史,而常常是借用历史来回应当代社会。我们读古诗的时候常接触"借古讽今"这个概念,这也是诗人对他们所在的时代有诸多辛酸的洞见,有时碍于种种现实的无奈,无法直抒胸臆;有时则是借助后人对历史事件的共识来更清晰地呈现现实问题。那么,莫言除了带着"私心"用重写抗战题材来宣告一个新的青年艺术家的崛起之外,还在回应什么现实问题呢?

三、家族叙事与寻根文学:小说的当代性

要解答这个疑惑,我们要看到,除了莫言别出心裁地运用了两个叙事人之外,这还是一部典型的家族叙事小说。这是一段家族回忆,也就是说,"高密东北乡抗日的事儿,就是我家的事儿,我比你们更清楚"。这个形式使他的民间立场更具说服力。

不过不单单是这样,我们不妨比较一下,现在小说的叙事对象是"我爷爷"和"我奶奶",如果我们把这两个称呼

分别改成"余占鳌"和"戴凤莲",小说会发生怎样的变化?

我们会马上发现,整个故事的温度不同了,本来是道热气腾腾的大盘鸡,现在变成了速冻鸡。

原先那种叙事的温度又是从哪里来的呢?这和我们中国文化里的"祖宗崇拜"有关系。广东某些地区如今还保留着每天要给祖宗牌位上香的习俗,而过去,在乡间,供奉先人牌位的祠堂是一个维系尊严的神圣不可侵犯的地方。我们现在还保留着这样的口头禅——"祖上显灵""老祖宗保佑",也就是说,在我们的潜意识里,祖宗和神灵具有同样的地位。

所以我们会看到,在这个小说里,"我爷爷"和"我奶奶"还是"我"以及"我父亲"崇拜的对象,这种崇拜祖先,或者力图以重写家族史来"寻根"的背后,实际上是"种的退化",这也是莫言整个"红高粱家族"系列的重要主题,他如是写道:

> 八月深秋,无边无际的高粱红成洸洋的血海。高粱高密辉煌,高粱凄婉可人,高粱爱情激荡。秋风苍凉,阳光很旺,瓦蓝的天上游荡着一朵朵丰满的白云,高粱上滑动

第二篇　现代文实验

> 着一朵朵丰满的白云的紫红色影子。一队队暗红色的人在高粱棵子里穿梭拉网，几十年如一日。他们杀人越货，精忠报国，他们演出过一幕幕英勇悲壮的舞剧，使我们这些活着的不肖子孙相形见绌，在进步的同时，我真切感到种的退化。

为何后代在祖先面前相形见绌了呢？

当时，我曾和学生一起读莫言的另两部同样书写高密东北乡的作品——《透明的红萝卜》和《白狗秋千架》，我请他们做了一个跨文本的比较，以《透明的红萝卜》为例，这个小说里的人物显然在时间上是余占鳌和戴凤莲等人的后代，有哪些地方退化了？

莫言在《红高粱》里写道，这些祖辈"男的彪悍勇猛，女的风流俊俏；他们嗜杀成性又视死如归，杀人越货又精忠报国；他们是自然生命的化身，体现了一种强悍的生命本能……"那么他们的子孙呢？

我们仅看暴力的指向就会有重大发现。《红高粱》有"我奶奶"蛤蟆坑被劫一幕，来了个"吃饼的人"，对"我奶奶"起了歹念，而后，"我爷爷"和另几个抬轿的人意外打死了这个土匪，还感叹"打死了，这东西，这么不经打"，之后，"我奶奶"被迫嫁给患麻风病的单扁郎，三天之后，"单家父子已经被人杀死，尸体横陈在村西头的湾子里"。虽然叙事者没有直接交代凶手是谁，但根本不用交代，那一定是对"我奶奶"说出"三天之后，你只管回来"的"我爷爷"。这些暴力行为本身都很野蛮，也很残忍，然而，这些"我的祖宗"的暴力行为全都直指强权和不义。

反观《透明的红萝卜》里的暴力：十岁的黑孩刚来铁匠铺就被小铁匠欺负，小铁匠和小石匠争风吃醋大打出手，最终导致无辜的菊子姑娘瞎了一只眼；小石匠这个角色总体还算善良，可是他在领黑孩出门的时候，手一直在黑孩的光脑袋上"咚咚"敲着。这些暴力，很多都为无意识的产物，也全无正义可言。

莫言显然是知悉这一点的，因为他在两部作品中呈现暴力结果的方式截然相反。

> 他（小铁匠）朦胧地看到菊子姑娘的右眼里插着一块白色的石片，好像眼里长出一朵银耳。（《透明的红萝卜》）

第二篇　现代文实验

> 孙五把罗汉大爷那只肥硕厚实的耳朵放在瓷盘里。孙五又割掉罗汉大爷另一只耳朵放进瓷盘。父亲看到那两只耳朵在瓷盘里活泼地跳动，打击得瓷盘叮咚叮咚响。(《红高粱》)

对于前者，莫言采取遮蔽的态度，对于后者，他则不吝以浓墨重彩渲染，因为他渲染的不是暴力本身，而是反抗强权的生命尊严和这些祖辈身上顽强不息的生命力。

这一点，在高密东北乡的后世子孙身上已经看不到了。因而，莫言的寻根，来自他重塑民族精神的强烈愿望。

我们接着以这个家族视角再思考一个问题：这是不是真实的家族视角？

很显然，不是。从两个叙事人身上就可以窥见端倪："我"因为时间上的距离无法做到真正的"还原"，也就是说，这个绘声绘色的"我父亲"跟随"我爷爷"抗日的"现场"实际上是"伪装过的历史时间"，这里的"回忆"中也不可避免地羼入了"我"的想象。

如果是这样的历史，实际上也就具有了"野史"的意

文学经典怎么读

味,张清华教授对此有精彩的分析:"(莫言)实现了对现代中国历史原有的权威叙事规则的一个'颠覆',在历史被湮没的边缘地带,在红高粱大地中找到了被遮蔽的民间历史,这也是对历史本源的一个匡复的努力。"

顺着张清华教授的评价,我们还可以思考,正因为这个家族视角是虚伪的——因为这里的回忆混杂着想象,因为这里同时存有过去和现在两种时间视点——那么这个故事就不完全捆绑于"我爷爷"和"我奶奶",甚至不完全捆绑于高密东北乡这个具体的地点,换而言之,故事中的人物与环境变成了超越单个家族,甚至超越时间之外的审美对象。

这些话听起来很学术,但我们只要问自己一个问题就能完全明白,读完这个故事,回荡在我们胸襟的是什么?伟大的抗日英雄?高密东北乡的人不好惹?还是,这个叙事者的祖辈真厉害?

不单纯是这样吧?而是一种人本身所具有的生命强力,轰轰烈烈地生,轰轰烈烈地死,这样精彩的生命篇章牵引着我们,也鼓舞着我们。在莫言的"红高粱家族"后续的

第二篇 现代文实验

几个故事里,商业化浪潮和物质主义都在促成更严重的"种的退化"。或许当我们缺少生命强力的时候,可以到莫言谱写的这段家族回忆中"寻根",因为这早已成了现如今的我们都需要的一种滋养了。

第7讲　比较文学在中学课堂的尝试：《毛利先生》与《孔乙己》

一、异域文化：一个全新的视角

《孔乙己》是我们中学语文课上读过的作品，短小精悍。但凡鲁迅笔墨触及的人物都给人留下了极深的印象，穿长衫而站着喝酒的迂腐书生，在乎孔乙己还欠十九个钱的"冷血"掌柜，还有附和着一同哄笑的小伙计"我"。这个文本的主题深度，无须他山之石也可剖析，为何我想在这一讲借日本短篇小说圣手芥川龙之介的《毛利先生》来作对照呢？有这样两个理由：一来，想在中学课堂里带学生一窥比较文学这一文学研究门类的风貌，把高校里的前沿视野引入中学；二来，这是我的个人经验，跨文化的比较常常可以让我们司空见惯的细节焕发光彩，很多时候不仅仅是对文本的发现，还是对自我的发现。

说得有些悬乎，我用鲁迅的另一个名篇《祝福》作为例子。《祝福》讲的是祥林嫂的一生，很是凄惨。嫁第一个丈夫后，丈夫死了，她从乡下跑出来，到鲁镇帮佣。日子过得稍微平稳些，又被婆婆抓回去改嫁。第二个丈夫待她

第二篇　现代文实验

不错，以为日子好转，没想好端端的人生病死了，儿子阿毛又被狼给叼走了。再回到鲁镇的祥林嫂已经气色不再，镇上的人嫌她晦气，她把自己悲哀的往事说给镇上慈悲的女人听，因为她翻来覆去总是那几句，最后连心软嘴软的老婆子也挤不出泪来，祥林嫂在祝福之夜死去了。

这部小说，中学教材里有，进了大学中文系上"鲁迅精读"课时也要谈，我们都知道，祥林嫂的悲剧和封建礼教脱不开干系。封建礼教把女性直接视作男方的所有物，所以她才可以像家畜一般被婆婆卖给第二个丈夫，也因为封建礼教内化成祥林嫂自己的道德观，所以她只是默默地捱着压迫，从未想过反抗。我们常说的鲁迅"哀其不幸，痛其不争"，也是指这些而言。这些都对，但是我到了艾奥瓦作家工作坊求学，在接触了美国文学传统后，突然对这部小说有了全新的理解。

如果大家读过美国的现当代短篇小说，会有这种感受，小说的主人公多数是住在郊外的中产阶级人士，小说给人的感觉是没什么戏剧性的故事发生，都是细枝末节的琐事，夫妻间貌合神离，生活虽然富庶但令人感到空虚和无聊。

文学经典怎么读

我过去感慨小说家不应屈服于生活的琐细和庸常，所以并不喜欢，但是回到英语原文，不仅发现每个作家的语言风格迥异，而且懂得这其中有美国文化独特的对于人生的认识。

倘若是美国人来看祥林嫂这个故事，除却他们不一定能够理解封建礼教这个艰深的文化背景，他们还会感到，祥林嫂的悲剧在当代社会仍然会发生，即便是最好的时代，还是可能有人不幸到会死掉两个丈夫和一个孩子，她如果把苦痛反复向旁人念叨，最后别人仍然会听得厌烦，不再留有半点同情。也就是说，美国的所谓中产阶级小说是剥除了所有的遮蔽，写一个人和他的命运坦诚相对，原本他以为自己不快乐是因为没有钱，然而发现即便生活无忧后仍旧有一大堆麻烦，仍旧不快乐，这就是美国人眼中的命运——命运本来就是这样，周而复始却又变幻莫测，很难用外部原因来解释人的苦难。因而，鲁迅的《祝福》之所以经典，还在于他写的也是一个人和她的命运之间的关系。

从这个角度，如果没有异域文化这枚放大镜，我读不出来。这也是我为何主张在讲《孔乙己》的时候给学生开

第二篇 现代文实验

阔视野,也谈谈《毛利先生》。学习不同文化不只在于有趣、好玩,惊叹世界的博大与富丽,也在于用不同文化来丰润我们自身的传统。

二、毛利与孔乙己:两个可怜人

芥川龙之介大家不一定熟悉,他被称为"独步日本文坛的鬼才作家",还在读大学的时候,他的一篇小说习作《鼻子》得到著名作家夏目漱石的激赏,后者对这位青年才俊说:"你再写几篇这么好的小说,你就可以惊动整个日本文坛了。"果然不出漱石所料,眼前的这个东京大学学生日后成了日本大正时期短篇小说的霸主。

大家或许会有疑问,芥川和鲁迅又有什么关系呢?为什么要把这两个作品放到一起比较?鲁迅早年在日本留学的经历想必已经众所周知,其实早在1921年鲁迅就作为译介芥川小说的第一人,将他的两篇代表作《鼻子》和《罗生门》引介到中国。鲁迅喜欢芥川的小说,在之后和弟弟周作人合译的《现代日本小说集》里,他说:"那些古代的故事经他(芥川)改作之后,都注进新的生命去,便与现代人生出干系来了。"

文学经典怎么读

芥川的《毛利先生》写于1918年12月，发表于1919年1月的《新潮》杂志，而鲁迅于1919年3月创作《孔乙己》并刊于同年4月的《新青年》。虽然鲁迅并未亲口承认《孔乙己》受到《毛利先生》的影响，但据日本东京大学教授藤井省三研究，鲁迅是《新潮》的订阅者，很有可能在第一时间读到了《毛利先生》，而两篇小说无论是题材、人物塑造还是叙事结构都表现出惊人的相似。

我的目的不在于做大侦探，去考证鲁迅是否真的受过芥川的影响，而且仿佛"接受某某人的影响"并不有碍独创性，明眼人一看便知，《毛利先生》只是芥川的中庸之作，无法和鲁迅的《孔乙己》在质量上抗衡。倘使鲁迅1919年1月就兴致盎然地翻阅当月的《新潮》杂志，他内心的真实感受可能是：唉哟，这小说被芥川写砸了，我写个比他好的！

《毛利先生》的主角是某府立中学的英语代课老师，因为穿着寒酸，词汇贫乏，作风老派，一直遭学生白眼，最后落魄到每晚到咖啡馆点一杯咖啡教侍者英语，侍者还嫌他多事的分上。我这样一说，即便没读过《毛利先生》，也

第二篇　现代文实验

可以隐约捕捉到两篇小说的共通之处,我们来细看。

先看两个人物:

> ……开门走进来的毛利先生,首先给人的印象是矮个子,使人联想起经常出现在节日的马戏班里的小丑。但从这感觉中抹去了阴郁色彩的,是先生那几乎算得上"漂亮"的、光滑的秃头。尽管他后脑勺上还残留着几根斑白的头发,但整个来说,跟自然教科书中所画的鸵鸟蛋没什么两样。最后一桩使先生的风采超出凡人的,是他那身古怪的晨礼服,名副其实的古色苍然,几乎使人记不起它曾经是黑色的,然而在先生那稍许污秽了的翻领下面,却堂哉皇哉地结着一条颜色极为鲜艳的紫色领带,宛如一只展翅的蛾子。这印象也惊人般地残留在记忆之中。因而当先生进入教室的同时,不期然而然地从四下里发出要笑又不便笑的声音,当然是不足为奇的了。

> 孔乙己是站着喝酒而穿长衫的唯一的人。他身材很高大;青白脸色,皱纹间时常夹些伤痕;一部乱蓬蓬的花白的胡子。穿的虽然是长衫,可是又脏又破,似乎十多年没有补,也没有洗。

文学经典怎么读

《毛利先生》上半部分的故事发生现场是中学校园，我们都曾是或正是中学生，中学生和年龄更小的孩子其实是非常不宽容的——我们有整齐划一的审美标准，这个标准类似上海人常说的"时髦"，或者英语里的"酷"，受大众媒体的影响很深。人如果要被称作"酷"，基本上就算不能接近明星的丰姿，也万万不可与其背道而驰，而但凡不"酷"的，都罪无可恕。

毛利先生肯定是不符合中学生审美的。他矮，我们都知道，男明星的身高之所以是不能说的秘密，也是在于我们都喜欢高的，不喜欢矮的。而后是秃顶，这也是中学生无法接受的，十几二十岁的人都会觉得超过三十岁的人都老得可怕，所以秃顶白发都属于老丑，青春年少的人不能想象自己将来也无法避免衰老的自然规律。我读中学时，有天有位地理老师来代课，传言说该老师是"地中海""荷包蛋"，头上戴的那顶是假发，所以他一进来，我们班里的男生就大喊："快，开电风扇！"可见我们也极坏。再下来是穿着，我们以什么样的装扮为美？就是能令人联想到富贵的都为美，所以绝不能穷酸，但也不能艳俗得像个暴发户，因为暴发户归根结底还是让人觉得穷酸。从这个角度

第二篇　现代文实验

看，毛利先生那破旧的晨礼服、品位差劲的搭配，都令人感到"寒酸"，几乎光看亮相，中学生便已经判了他死刑。

《孔乙己》中没有这么细致的肖像描写，鲁迅的文笔很简练，他用了个文化符号——长衫，我们都知道，这是孔乙己对自己读书人身份的自诩。南北文化有差异，上海历来讲求"洋气"，几年前"海派"清口拿北方的相声开涮，说："哎哟，他们还在穿长衫喔！"可见老派在上海不受待见。孔乙己身材很高大，似乎是个加分项，但是想想，因为他穿着破旧的长衫，因为他站立的姿态叫人知晓他经济上的拮据，于是这"高大"反而把他身上不为人接受的怪异都放大了。皱纹间的伤痕已经在暗示他以偷书为生的生存之道，虽然就这有限的几个细节，但一点笔墨也没有浪费。

而后是说话，毛利先生的穿着已经够土了，一开头竟然称呼学生为"诸位"，引起哄然。孔乙己我们都熟悉了，满口的"之乎者也""教人半懂不懂的"。我们都知道这叫作"语言描写"，是为了呈现人物的性格特征的，两人都很老派。一个人说话的腔调除了展现他是怎样的人，还有什么效果呢？说话是说给别人听的，我们常说有些人"会说话",有些人"不会说话",这里的"会"与"不会"不是说这个人是不是哑巴,而是说,他说出来的话是不是讨人喜欢,这或许是一种天赋。所以,语言的重要还在于展现人与人之间的关系,这两个人一开口,就好像前代的僵尸,那自然,旁人与他们之间是有隔膜的。

三、叙事者的同与异:文化语境的施压

两部小说的叙事风格也很接近,都属于旁观者叙事,也就是说,一个和主人公没有直接关系的观察者记录下他的所见所感。更有意思的是,故事开始时两个叙事者的年龄也差不多,《毛利先生》里的"我"念初三,《孔乙己》里的"我"是十二岁到咸亨酒家当小伙计的。这个年龄段很有讲究,我们今天说是"青春期",是孩子更愿意接受社会、学校影响而非家庭影响的时期,有经验的家长和老师会说这个年龄段的孩子容易学坏,这是因为他们听不进父母的规劝与管束,而更愿意听从同伴或社会人士,与此同时自己尚未建立一个强大的自我能够对外部的声音说"不"。所以这里的叙事者既是刻画两个主人公,也是刻画自身所在的群体。我们在《毛利先生》里看到了一个"看脸"的中学生群体,而在《孔乙己》里则看到了将自己的

第二篇　现代文实验

快乐建立在别人的不幸之上的看客群体。还有一点是两部小说共同的，就是这里的叙事者都在发生变化，比较明显的是《毛利先生》，叙事者七八年后大学毕业，偶尔走进一家咖啡厅，看到了这个熟悉的身影：

>　　"你看，这个形容词管着这个名词。喏，拿破仑是人的名字，所以叫作名词。记住了吗？再看这个名词后面……紧挨着后面的是什么，你们知道吗？喂，你怎么样？"
>　　"关系……关系名词。"一个服务员结结巴巴地回答说。
>　　"什么？关系名词？没有什么关系名词，是关系……唔……关系代名词吗？对，对，是关系代名词。因为是代名词，就可以代替拿破仑这个名词。喏，代名词不就是这么写吗？代替名词的词。"
>　　…………
>　　"那边有个人在教英语，那是咖啡馆聘请来的吗？"我边付款边问道。
>　　服务员领班望着门外的马路，无精打采地回答说："哪儿是请来的呢，不过是每晚跑来教教就是了。据说是个老朽的英文教员，找不到饭碗，多半是来解闷的吧。叫上一杯咖啡，就在这儿泡上一晚上，我们并不怎么领情哩。"

文学经典怎么读

> 听了这些，我眼前立刻浮现出我们的毛利先生那有所乞求般的眼神。啊，毛利先生。我仿佛现在才第一次理解先生——理解他那高尚的人格。如果说有天生的教育家的话，那确实就是先生吧。对先生来说，教授英语，就好比呼吸空气，是一刻也不间断的……

读到这里，大家或许明白为什么我一开始说，这部小说属于芥川作品中的中庸之作，或许我说得太客气，应该属于下乘之作，最后那个"啊，毛利先生"着实吓我一跳，完全符合我们脑海中对比较僵化的糟糕的中学生作文的印象。这种直接抒情一定要喊"啊"的毛病不知是从什么时候传染上的。"啊"的问题是什么呢？很多时候叙事者受到的情感冲击跟读者并不匹配，读者没有觉得有"啊"的必要。换个角度，如果真的有强烈的情感冲击，不动声色的观察和克制收敛的情感，已经可以把这一情感体验传达给读者了，也没有必要"啊"一声，好像家长讲道理一定要在孩子的脑门上敲一下，喊着"喂，我刚跟你讲的，你记住了没有"的意思，如果要到这个地步孩子才勉强给他一点面子，那么这个家长说的多半只会在孩子的左边耳朵进，右边耳朵就出来。

第二篇　现代文实验

说《毛利先生》里的叙事者变化明显，也是因为这个"啊"很突兀。所以，几乎是在直抒胸臆了："我"读中学时比较肤浅，不理解甚至嘲讽毛利先生高尚的人格，而今理解了，并且意识到当初的狭隘。

《孔乙己》里的叙事者有没有变化呢？其实是有的，因为没有突如其来的"啊"，变化显得潜移默化，但是如果细究，力量远远超过一句空洞的"啊"。这部小说的时间跨度比较模糊，但最后孔乙己不常到店至少也有个两年的跨度，一年中秋前的两三天是大家谈论孔乙己被丁举人毒打，那年初冬是他最后一次到店，而后到第二年的年关也没有见。而这段记叙的前后，故事经过了多少时间，我们不清楚，唯独可以确定的是，孔乙己是咸亨酒家的老主顾，在"我"没有来店的时候就已经光顾了，而"我"来店工作到孔乙己偷到丁举人家里之间应该有一个时间跨度，而"再到年关也没有看见他"到"到现在终于没有见"又有一个时间跨度，后面这个时间跨度鲁迅在开头交代了，是二十多年，也就是说，这个小伙计从十二岁的孩子长成了三十多岁的成人。

文学经典怎么读

我们再看小伙计的叙事口吻，也就是小说讲故事的口吻，整体而言，他多给出客观观察，而情感非常克制，但其中也有细微的差异。比如十二岁刚到店里，他干不了给黄酒羼水的事，所以才会管温酒，可见原是个老实巴交的孩子；而最初评论孔乙己，也很是中肯，既说到他"好吃懒做"的一面，也称道他比别人好的不拖欠债务的品行；然而重要的变化发生在"回字有四样写法"这个场景里，倘若鲁迅确有受到芥川影响，那么这个著名的桥段就是对毛利先生在咖啡馆教侍者英语桥段的改写。

> 在这些时候，我可以附和着笑，掌柜是决不责备的。而且掌柜见了孔乙己，也每每这样问他，引人发笑。孔乙己自己知道不能和他们谈天，便只好向孩子说话。有一回对我说道："你读过书么？"我略略点一点头。他说："读过书……我便考你一考。茴香豆的茴字，怎样写的？"我想，讨饭一样的人，也配考我么？便回过脸去，不再理会。孔乙己等了许久，很恳切地说道："不能写罢？……我教给你，记着！这些字应该记着。将来做掌柜的时候，写账要用。"我暗想我和掌柜的等级还很远呢，而且我们掌柜也从不将茴香豆上账；又好笑，又不耐烦，懒懒地答

第二篇　现代文实验

> 他道："谁要你教，不是草头底下一个来回的回字么？"孔乙己显出极高兴的样子，将两个指头的长指甲敲着柜台，点头说："对呀对呀！……回字有四样写法，你知道么？"我愈不耐烦了，努着嘴走远。孔乙己刚用指甲蘸了酒，想在柜上写字，见我毫不热心，便又叹一口气，显出极惋惜的样子。
>
> 有几回，邻居孩子听得笑声，也赶热闹，围住了孔乙己。他便给他们茴香豆吃，一人一颗。孩子吃完豆，仍然不散，眼睛都望着碟子。孔乙己着了慌，伸开五指将碟子罩住，弯腰下去说道："不多了，我已经不多了。"直起身又看一看豆，自己摇头说："不多不多！多乎哉？不多也。"于是这一群孩子都在笑声里走散了。

这个场景其实包含两个教学对象。一是小孩子，讲的人很多了，一如毛利先生在中学混不下去，只好去教咖啡馆的侍者，孔乙己和酒馆的客人聊不了天，只得去找孩子说话，都是所谓"降格"，无须赘言。我想特别指出的是，孔乙己规劝"我"学"回"字写法的话语，他说的是："我教给你，记着！这些字应该记着。将来做掌柜的时候，写账要用。"

文学经典怎么读

我们知道，鲁迅是个惜字如金的作家，惜字如金之所以被我们认为是一流作家的特征，不在于"惜"，而在于经过省却后留在纸面上的每一个细节都耐人寻味，譬如这句，大家如有心，可以找找看，这里边有几层讽刺？

一来，孔乙己连这点见识都没有，"我"这样的人，根本不可能做得了掌柜。

二来，即便做了掌柜，也不会把茴香豆这么不值钱的东西记在账上。

这两层意思文本里有，我们还能再往下推，退一万步，就算"我"当了掌柜，变得很抠门，要亲自记录"茴香豆"的支出，"我"也不至于用上"回"字的四种写法。除非"我"是语言迷（我大学上语言学课时，陶寰教授开玩笑说："不往下说了，再说下去，就变成'回字的四种写法'了。"），不然"我"没必要周一用一种写法，周二用一种写法，到周三、周四再换另两种写法。

所以，就这一句话，孔乙己的"死脑筋"和"我"看清他死脑筋后对他愈发鄙夷的事实，都再清楚不过了。其

第二篇　现代文实验

实,在这个对话之前还有一句值得我们留心,"我"看到孔乙己的第一反应是"讨饭一样的人,也配考我么?""我"对孔乙己的评价已经从稍早时候的全面衡量到如今只看到他的穷酸潦倒,因而在这个语段之后,"我"不止写孔乙己来店,"店内外充满了快活的空气",而是进一步写道:"孔乙己是这样的使人快活,可是没有他,别人也便这么过。"添上了后一句,口气完全不同——孔乙己在"我"眼里并没有独立存在的价值,他是个可有可无的余兴节目。

我们再看孔乙己来店的最后一幕:

中秋之后,秋风是一天凉比一天,看看将近初冬;我整天的靠着火,也须穿上棉袄了。一天的下半天,没有一个顾客,我正合了眼坐着。忽然间听得一个声音,"温一碗酒"。这声音虽然极低,却很耳熟。看时又全没有人。站起来向外一望,那孔乙己便在柜台下对了门槛坐着。他脸上黑而且瘦,已经不成样子;穿一件破夹袄,盘着两腿,下面垫一个蒲包,用草绳在肩上挂住;见了我,又说道:"温一碗酒。"掌柜也伸出头去,一面说:"孔乙己么?你还欠十九个钱呢!"孔乙己很颓唐的仰面答道:"这……

文学经典怎么读

> 下回还清罢。这一回是现钱,酒要好。"掌柜仍然同平常一样,笑着对他说:"孔乙己,你又偷了东西了!"但他这回却不十分分辩,单说了一句"不要取笑!""取笑?要是不偷,怎么会打断腿?"孔乙己低声说道:"跌断,跌,跌……"他的眼色,很像恳求掌柜,不要再提。此时已经聚集了几个人,便和掌柜都笑了。我温了酒,端出去,放在门槛上。他从破衣袋里摸出四文大钱,放在我手里,见他满手是泥,原来他便用这手走来的。不一会,他喝完酒,便又在旁人的说笑声中,坐着用这手慢慢走去了。

这里有个触目惊心的画面,孔乙己的腿被打折了,他出现在咸亨酒家的时候已不成人形,不像往日那样"站着",而是盘腿坐在蒲包上,那么他是怎么来的店里呢?鲁迅写的是:"见他满手是泥,原来他便用这手走来的。"这个观察同样来自叙事者"我",但是这口气不仅老气横秋,且冰冻三尺,为什么这么说?我们或许都在闹市区见到过类似的乞丐,看起来是腿脚不全的,俯卧在一张木板上,向来往的人磕头乞讨。我们看到这样的情景,总会有一些心理和生理上的反应,慈悲的人会向他的碗里扔下一些钱;精明的人会说别被他们骗了,他们是"化过装的""假的",

其实日子过得比城里人滋润；即便不问世事的人，也偏过头去，不想引起自己的不悦——无论是正面的还是负面的回应，都说明我们对这种不幸的画面至少仍有感知。可是《孔乙己》里的"我"，只是作冷冰冰的事实陈述，"原来"，是一个发现，"便又在旁人的说笑声中，坐着用这手慢慢走去了"，是摄像机一般的记录，"我"已经缺少了生而为人的体温。

有了前面这些分析，最后那句被说滥了的"大约孔乙己的确死了"或也不必赘言了，这是二十年后的"我"，"我"已从那个天真单纯的"样子太傻"的小孩变成了一个和咸亨酒店里哄笑的众人无异的冷漠的庸人。这里没有"啊"字，但是这个温水煮青蛙一般的被同化的过程比《毛利先生》里的直接点破更令人骇然。

四、自我怀疑：鲁迅的深刻与坚韧

说到这里，大家会发现，虽然两位作家用了相似的叙事视角，但叙事者对主人公的态度却截然相反。《毛利先生》中的"我"最终体会老师的用心良苦，但《孔乙己》里的"我"最终更加漠视这个落魄的书生。为什么会形成

文学经典怎么读

如此大的差异呢？

一个最直接的切入点或许是这两位底层"教育者"所教授的学科。孔乙己教的所谓"子曰诗云""回字有四种写法"，在鲁迅看来正是所谓封建礼教的残余，不仅孔乙己本身对此一知半解（譬如他的"多乎哉，不多也"就是断章取义），而且这些东西毫无实用性，因而孔乙己苦读半生，连一项谋生的技能也没有学到，只得"窃书"为生。毛利先生则教英语，正是明治维新后日本希望引进的先进的西方文化，而芥川龙之介本人在东京大学主修的也是英文。如此说来，《孔乙己》怒斥的是封建糟粕误人子弟，将农村贫苦书生整个吞噬，而《毛利先生》则怒斥日本国人蒙昧无知，夜郎自大，无法洞察世界的大势已经转变。不过，话说回来，《毛利先生》的批判性或许并没有这么强，小说中有个颇受学生欢迎的丹波老师，也是教英文，但区别于毛利先生的地方在于他强壮，爱运动，比毛利先生世故、狡黠得多。因而《毛利先生》更多地是一部成长小说，感慨中学时自身的懵懂无知。

在阅读鲁迅的小说时，有一个很重要的意识是要分清

第二篇　现代文实验

叙事者和隐含作者。《孔乙己》里的"我"是叙事者，隐含作者是鲁迅，两者不能画等号，我们说小说是虚构的，并不简单地指故事带有虚构色彩，更多是指隐含作者虚构了一个讲故事的人赋予故事本身别样的深意。《孔乙己》和《毛利先生》的不同还在于，《毛利先生》的尾声中"我"反思过往，悔恨自己先前的行为，从而有了原本属于"哄笑的众人"中的"我"通过反省与隐含作者达成批判立场上的统一；《孔乙己》则不同，这个从未意识到自己沦为庸众的"我"始终受到隐含作者的批判，作为读者的我们天然地追随第一人称叙事者"我"的视角，所以其实我们也在接受鲁迅批判和审视的目光。我读书时常听不少同学抱怨读鲁迅的小说很不舒服，不知道和先生那锐利的批判锋芒有没有关系？

　　鲁迅作品里高度的批判性和反思性不止针对孔乙己这类底层的读书人，或是小伙计这类麻木的庸众，即便是面对革命者如夏瑜，或启蒙知识分子如《彷徨》里众多的"我"，鲁迅也绝不流于一味歌颂或赞赏。后面这个特征有时候容易被大家忽视，我举两个例子。

文学经典怎么读

《药》的故事我们也都了解,革命者的鲜血被迷信的百姓买了去做"人血馒头"治肺痨,主人公夏瑜是个舍生取义的高尚革命者,我们都明白,但实际上鲁迅也留了一笔指出他身上存有的问题。

《药》里有一幕是众人在华老栓的茶馆里对夏瑜评头论足,康大叔给出一个细节,夏瑜被关在牢里,还对来盘问底细的红眼睛阿义说:"这大清的天下是我们大家的。"在座的所有人都觉得这句话是疯话无疑。

今天我们回望历史,自然感叹疯的不是夏瑜,而是庸众,但这一幕很有意思,我们可以换一个角度想,夏瑜的这席话,红眼睛阿义听得懂吗?庸众听得懂吗?他们听不懂,因为他们生长在大清,这大清天下从来都是皇帝的。如果是这样,我们能责怪他们吗?或许,比起责怪他们而言,我们更应该关注知识分子和革命者的启蒙方式,他们的那套话语高高在上,完全和底层民众脱节,怎么会不被视作疯子呢?

举个例子,基督教传教士最初来到亚非地区传教并不只是讲述高高在上的教义,他们往往先充当医生的角色,

第二篇 现代文实验

为什么要这么做？因为这是底层百姓的切身问题，不解决生存这个迫切的诉求，再多的精神食粮也是枉然。所以我们会看到，华家宁愿相信人血馒头，也不会搭理夏瑜，因为人血馒头针对他们的燃眉之急，夏瑜对他们而言太遥远。

这种反省到了《彷徨》则更加明显，我们来看《祝福》里祥林嫂和知识分子"我"的简短对话：

> "一个人死了之后，究竟有没有魂灵的？"
> "也许有罢，——我想。"
> "那么，也就有地狱了？"
> "阿！地狱？""地狱？——论理，就该也有。——然而也未必……谁来管这等事……"
> "那么，死掉的一家的人，都能见面的？"
> "说不清。"

实际上，在"我"给出"也许有（灵魂）罢"这个回答之前，"我"的内心经过了一番思想斗争，"我"想的是："人何必增添末路的人的苦恼，为她起见，不如说有罢。"

这个心理很能体现"我"这类知识分子和祥林嫂这类

文学经典怎么读

底层百姓之间的隔膜,"我"的回答预先设想了眼前的这个人愚昧迷信——她笃信灵魂之说,"我"对她多说不过是对牛弹琴。也就是说,"我"连尝试也没有尝试,就预先设想了启蒙的失败。而后祥林嫂的连环问也证明了,"我"对"我"所启蒙的大众——他们的情感需要与诉求——一无所知。

我们常说鲁迅的作品很深刻,不仅是说他的作品一针见血地抓到了中国文化的症结,也是说他对任何人都要仔仔细细审视一番,包括他自己,很少作家能做到这一点。或许大家读多了作品会发现,自恋自大的作家远多于自我反思的作家。

文学经典怎么读
从IB中文到批判性阅读

第三篇

异域之魅

第8讲　从源头涉猎西方文明：谈古希腊文化

我出生于 20 世纪 80 年代末，和我同代的人几乎都是看日本动画片长大的。我儿时最钟爱的动画片是《圣斗士星矢》，很幸运的，最初那些有关古希腊神话、北欧神话以及十二星座的知识都源自它。

即便时代过去，这部动画片已成为"暴露年龄"的古早遗迹，但古希腊神话里的众神我们或多或少都有所耳闻，在这一讲里，我想通过几个故事，从我们都熟悉的部分开始，和大家一起了解西方文明的源头——古希腊文化的特质。

一、古希腊神话：人是万物的尺度

我们先从波塞冬、哈迪斯和宙斯三兄弟讲起。这三位兄弟联手击败了他们的父亲，也就是泰坦巨神克洛诺斯，而后三分天下。宙斯或许大家都听说过，是奥林匹斯山众神之王；波塞冬是海神，不同的插画师会为他作不同的画像，但是总有一些线索帮助我们辨认出他来，比如他手上永远拿着著名的三叉戟。

第三篇　异域之魅

在希腊神话中，当波塞冬挥舞三叉戟，海面就会掀起滔天巨浪；而当波塞冬乘坐金色马车驶过海面，则风平浪静，还会有海豚跟随在他的马车之后。

波塞冬在希腊神话中还是个野心勃勃的人。

哈迪斯则是冥王。这里需要特别指出，虽然哈迪斯是冥界之王，但他和我们的阎王爷不同。我们民间信仰的阎王爷实际上源于佛教，他掌管十八层地狱，手下有牛头马面负责把阴魂带到他这里来，然后他翻开一本生死簿，善有善报，恶有恶报，他按照这个标准决定这些阴魂死后的去处。哈迪斯有别于阎王爷的地方在于：他不负责审判善恶，只是掌管死亡，无论好人坏人，死后都来到冥界，仅此而已。

再讲一个关于哈迪斯的故事，这个故事跟一个家喻户晓的小孩子有关系，即丘比特，在希腊神话中他的名字叫厄洛斯，是爱神。

我们都知道他有弓箭，弓箭分为金箭和铅箭，如果被金箭射中，则会不可救药地坠入爱河；而如果被铅箭射中，则无论追求者的追求多么炽热,他(她)都铁石心肠,不为所动。

有一回,厄洛斯将爱情之箭射向哈迪斯,冥王就爱上了他的侄女珀耳塞福涅(他的妹妹德墨忒耳的女儿)。不必惊讶,希腊神话对应的时间是人类的幼年,人类还不知道近亲结婚会生下有残缺的后代。

哈迪斯爱得如痴如狂,请求地神盖亚帮助他追到珀耳塞福涅。于是在珀耳塞福涅某次外出郊游时,盖亚让大地开出一朵异常绚烂的水仙花,珀耳塞福涅看得如痴如醉,伸手要摘。就在这个瞬间,盖亚让大地裂成两半,裂缝中,一辆黑马拉着的黑色马车疾如旋风倏忽驶来,驾着马车的那个身形雄伟、戴着头盔的神将珀耳塞福涅一把抱上马车,回到冥界,大地合二为一。

这个神不是别人,就是冥王哈迪斯本尊。

故事到这里没有完,珀耳塞福涅的母亲德墨忒耳因失去女儿伤心欲绝,到处找寻爱女的下落,由于德墨忒耳是丰收之神,于是大地上颗粒无收。饥荒因此发生,众神得

第三篇　异域之魅

不到祭品，所以他们就请宙斯出面解决这件事，宙斯去找哥哥哈迪斯商量。

哈迪斯同意归还珀耳塞福涅，但在归还前，他使了诈，让珀耳塞福涅吞下三颗石榴籽，意思是今后每年中有三个月她会回到冥界与哈迪斯一同居住，而那三个月，正是大地上的冬天，土地颗粒无收。

说到这里我停一停，大家会好奇我为什么要说这些故事，因为这些故事大家也可以自行去寻找，去翻看，何必我多费唇舌？那么我们就先把刚才所提到的这些细节梳理一下：

（1）海神波塞冬挥舞三叉戟时海面惊涛骇浪，而驾驶金色马车时，风平浪静。

（2）厄洛斯是个调皮的小孩，他把金箭射向谁，谁就会坠入爱河。

（3）冥王哈迪斯将所爱之人抢走，带到他的家中，之后每年有三个月，他爱的人都会和他居住在一起，远离她自己的母亲，大地颗粒无收。

文学经典怎么读

想一想，这些神分别被用来解释什么？

这个答案似乎过于简单了，在人类的童年，因为生产力低下，人们无法解释各种自然现象，于是古希腊人描绘了海神，用他发怒与否来解释海洋的阴晴不定。

冥王哈迪斯抢亲的故事，很多学者认为是古希腊人用来解释婚姻习俗的来源，因为以前的婚姻常常呈现为新娘永久地被新郎从女方家中带走。同时，这个神话也用来解释为何地球会有严寒的冬日。

都说爱情是盲目的，英语中表示坠入爱河，我们都知道是"fall in love"，既然是"fall"，那就是不可控制的，于是古希腊人就解释说，正是因为爱神是个调皮的小孩啊，所以爱情才会如此扑朔迷离，甚至不可理喻。

我们可以沿着这条线索再往下想：爱神是谁的孩子？

维纳斯（希腊神话中称作阿佛洛狄忒）。美和爱有着紧密的联系，相信大家都明白这个道理，在希腊神话中也是，常常是阿佛洛狄忒对她的孩子说：你去射这个人，你去射那个人。爱总是接受着美的指引，就好比在现实生活中，

第三篇 异域之魅

美的人总是占据着更多的爱,不是吗?

爱神的父亲是谁呢?

战神阿瑞斯,这不是很奇妙吗?爱也时常引起纷争,所以在希腊神话中,爱的亲属就是美和战争。

类似的例子不胜枚举,但这多少都是所有神话的共性,我们的神话也包含我们的祖先解释自然现象的智慧,比如女娲捏土造人、后羿射日等。那么古希腊神话的个性,或者说西方文明之源的特质,在哪里呢?

让我们作个粗略的比较,我刚才举了一些中国神话里的神,具体来看,如逐日的夸父,补天的女娲,开天辟地的盘古,填海的精卫……这些神有什么共性特征?

有没有发现?我们的神都很刚毅,没什么缺点,凭一己之力顽强地反抗绝境。

似乎也有极少数违背这类形象,比如嫦娥,她偷食了丈夫后羿的仙药,化作仙女飞升至月亮上的广寒宫。但是这个故事本身似乎很难为中国百姓所接受,所以为了解释

文学经典怎么读

嫦娥的行为，我们有了以下不同的版本：

一个版本说，后羿射下九个太阳后，得到百姓的爱戴，所以有不少人来拜师学艺，这当中就来了个心术不正的人叫逢蒙。他一听说后羿从西王母那里求来了不死仙药，就趁后羿不在家的时候，逼嫦娥把仙药交出来，嫦娥不想让仙药落入恶人手中，只好吞下仙药，而后成仙。

还有一个版本，说后羿虽然勇武过人，但性格暴虐，而且因是有穷国的国王，所以弄得生灵涂炭，善良的嫦娥不能容许这样的人长期鱼肉百姓，就偷吃了仙药，飘然成仙。

当然还有一个版本是说，嫦娥抛弃了丈夫，独吞仙药，但是补了一条后续：奔月之后，那位貌美如花的嫦娥变成了癞蛤蟆。

看这些解释，似乎都想把神重新归为拯救苍生的英雄，如果实在无法归为英雄，则作为反面教材告诫我们善有善报，恶有恶报。

那么，古希腊的神在这个意义上和我们的神有什么不同？

第三篇 异域之魅

最明显的例子，我们都熟悉的众神之王——宙斯，在神话中最为人所知的特质是什么？

不是他的威严，也不是他的力量，而是他整日拈花惹草，搞桃色新闻。

我读中学时美剧《老友记》正流行，有一集罗斯无意中亲吻了好友乔伊的母亲，乔伊自然要找罗斯算账，他们约在纽约的中央公园咖啡厅，乔伊喊得很响："但是你吻的是我的妈妈！"所有人的眼睛都齐刷刷望向罗斯，罗斯自然感到很尴尬，但他只用了一句话就缓解了自己窘迫的处境。这句话是什么呢？

罗斯对咖啡厅里的其他人说："我们正在排练古希腊悲剧。"

可见，和父母亲友搞绯闻的故事在古希腊的神话和悲剧中都很常见。

古希腊神话中也有一个神似乎鹤立鸡群，没有明显的缺点，那就是普罗米修斯，他从天庭盗火种给人类，惹怒了宙斯，受到惩罚。然而如果你翻阅古希腊神话，你会发现，这样的圣人少得可怜，甚至可以说仅此一位，更多的神是有明显缺点的。

宙斯朝三暮四，天后赫拉妒火中烧，到处迫害宙斯的情人和私生子，智慧女神雅典娜和美神阿佛洛狄忒也都是小心眼，想必大家都听过不和女神和金苹果的故事。

不和女神厄里斯因为没有获邀参加人类英雄帕琉斯和海洋女神忒提斯的婚礼，怀恨在心，她在婚礼上留下一个金苹果，上面写着"献给世上最美的女神"。于是雅典娜、阿佛洛狄忒和赫拉都来争苹果，三人争执不休。他们找了牧羊人帕里斯来仲裁，三位女神就开始贿赂他：赫拉许诺给他权力，雅典娜许诺给他智慧，而阿佛洛狄忒许诺给他世上最美的女人。后面的故事大家都知道，帕里斯把金苹果给了阿佛洛狄忒，而阿佛洛狄忒许诺给他的女人就是海伦，从而引发了特洛伊战争。

这个故事有趣的地方在于，神有神的欲望，人有人的欲望，而在某种程度上，神的欲望和人的欲望并没有差别。也就是说，那些高高在上的神，其实是人。

第三篇　异域之魅

而且，不像我们的嫦娥奔月故事，最后总要设法绕回到道德的教谕上来——嫦娥有苦衷，或嫦娥不得善终，古希腊的神没有任何报应，就算有，也不会妨碍他们依旧潇潇洒洒、我行我素地生活，因为他们是可爱的人类的投射。

于是有了古希腊哲学家普罗泰戈拉的名言："人是万物的尺度。"可见古希腊对人的价值有极高的推崇。

他们也肯定世俗文化，肯定人的基本欲望，英语中有个词叫"amoral"，意思是与道德无关的，古希腊的神不掌管道德。再说回普罗米修斯，我们都知道，他盗火的行为惹得宙斯大发雷霆，于是宙斯命令其他山神把普罗米修斯用锁链捆绑在高加索的巨石上，然后有一只饥饿的老鹰每天来啄食他的肝脏，啄食之后，他的肝脏又再长出来，次日，老鹰又来，这样的痛苦要延续三万年。

这里有一个和其他文化明显的差异，即宙斯的惩罚不代表善恶审判，而只是代表他个人作为众神之王的权威被冒犯了，甚至我们完全可以认定，对普罗米修斯的惩罚才是不道德的，不是吗？

二、古希腊悲剧：无法绕过的宿命

我们刚提到古希腊神话对于人的价值的高度推崇，但是很奇怪，古希腊神话和史诗中真正的人类都是很卑微的存在。

古希腊神话中也有涉及创世的部分，即人类是如何诞生的，但是这个部分只是被提及而已，并不是神话的核心，这迥异于很多其他文化。在《荷马史诗》中，有普罗米修斯捏土造人的传说，他对最初的人类呼了一口气，于是人就有了生命。但是，人类的一举一动仍受制于性格脾气变幻莫测的神，好比说《荷马史诗》里记载的特洛伊战争，你会发现在人类的战争背后是神族的纷争，人类没有主导权，当某一方陷入困境的时候，他们首先思考的就是他们做了什么惹恼了奥林匹斯山上的众神。

还有世间的第一个女子，是作为宙斯报复普罗米修斯的工具而存在的。普罗米修斯告诫他的弟弟埃庇米修斯切勿领受神的礼物，但是当宙斯把美丽的女人潘多拉送给他的时候，他把哥哥的教诲忘得一干二净。后面的故事我们都知道，潘多拉有个盒子——其实在古希腊神话中是个瓮，

第三篇　异域之魅

神告诉她这个瓮不能打开，但是她还是出于好奇揭开了瓮盖，这里面飞出的有死亡，有瘟疫，全是宙斯使的诈，她一看放出来的是这些灾祸，就惊慌失措，立马把盖子盖上，结果被关在里面的东西是希望。

关于这个神话，历来都有这样的解释，说因为希望留在了盒子里，所以人世间充满灾祸，唯独没有希望。但是，反过来说，希望最初被放置在盒子里，也就是说希望一开始就被看成是灾祸，这和我们惯常的理解很是不同。此处又涉及古希腊人对世界的理解，他们认为希望给你营造了仿佛能够掌控未来的错觉，但是人是无法掌控未来的，所以这势必是一种危险的幻象。

说到这里，我们已经进入一个非常重要的古希腊文化的母题——宿命，讲得通俗些，一个人的命运在他降生之初就已经被设定好了，无论他怎么努力，都无法改变自己的命运。

比较典型的是俄狄浦斯王的故事。俄狄浦斯是忒拜国的王子，他一出生就被预言说他长大要弑父娶母。他的生父自然很恐惧，就把他抛弃到深山希望他自然死亡，但是他被好心的牧羊人救起来，还因为他当时双脚受伤肿胀，所以被取名俄狄浦斯，意思就是肿胀的脚。

阴差阳错，他成了忒拜邻国的王子，因为邻国的国王没有子嗣。他长大后，在德尔菲神庙听到了这条神谕，说自己要杀父娶母，他害怕预言成真，就离开了他成长的国度并发誓再也不回来。

于是，他来到了忒拜城，进城的道路很狭窄，只容一人通过。这时俄狄浦斯的生父正好也在，他粗暴地命令俄狄浦斯让路，俄狄浦斯不认识他，觉得这个人怎么可以用这种口气跟他说话？一气之下就和他争执起来，错手杀死了生父。

当时的忒拜城，因为人类惹怒了天后赫拉，所以赫拉送来了狮身人面的斯芬克斯，要求路人猜一个谜语，如果没人能解开谜语，这个怪物就要吞食忒拜城的居民。这个谜语今天我们都已经很熟悉了：

什么动物早晨用四条腿走路，中午用两条腿走路，晚上用三条腿走路？

第三篇　异域之魅

我们都知道谜底是"人",但当时的忒拜城无人能解,只有刚进入忒拜城的俄狄浦斯解开了谜语,就这样成了拯救忒拜的大英雄,被推举为国王,而依照当地的习俗,他娶了丧偶的王后,也就是他的生母,从而应验了弑父娶母的神谕。

我们会看到,这个故事里,无论俄狄浦斯,还是俄狄浦斯的生父,不管如何规避都逃不开命运的安排,冥冥中注定如此。无法逃遁的宿命也是古希腊悲剧的一大特征,人无法掌控自己的命运,人完全地听命于神。

我们今天当然还是可以用科学来解释古希腊的宿命论,因为当时的人类面对不可预测的自然灾难,感到朝不保夕,所以会认定命运完全不在自己的掌握之中。但我不想与大家仅仅停留在这里,对人类幼年的图景一笑了之,我想和大家一同看与宿命紧紧相连的另一个主题——英雄。即便人无法完全主宰自己的命运,人也仍然可以在有限的生命中迸发出璀璨的光芒。

三、《荷马史诗》：书写英雄的文学

前面我们已提到了《荷马史诗》,著名的《荷马史诗》

文学经典怎么读

分为两部分——《伊利亚特》和《奥德赛》（也分别译为《伊利昂纪》和《奥德修纪》）。传说这些史诗由盲人诗人荷马记录，从而得以流传，但按照现在的研究，学界基本认定《荷马史诗》是古代民歌、神话和英雄传说的集合，是经过口头传诵集体整理的结果。

有意思的地方是，《荷马史诗》或许和我们预先设想的写法不同。拿《伊利亚特》来说，这部作品的背景是我们都听说过的特洛伊战争。帕里斯王子拐走了斯巴达王墨涅拉奥斯的妻子海伦，引起了这场耗时十年的特洛伊战争。

对战的双方是古希腊的城邦（《荷马史诗》中称为阿开奥斯人）和特洛伊（有版本译作特洛亚人）。希腊方面的首领是阿伽门农，也是斯巴达王墨涅拉奥斯的哥哥，他们最著名的英雄是阿喀琉斯（或者译为阿基琉斯）；特洛伊的英雄则是赫克托耳。

我们可以设想，如果按照历史的方式，写一场十年的战争，应当怎么写？

第三篇　异域之魅

打开百度百科或维基百科就可以发现，多半是按照时间顺序，先是战争缘起，然后记录每一场战役，一直写到战争如何收场。

那么《荷马史诗》，或者说文学的方式，是如何处理的呢？

> 高歌吧！女神！为了佩琉斯之子阿喀琉斯的暴怒！
> 他的致命的愤怒给阿开奥斯人带来
> 无尽的苦难，将战士的健壮的英魂
> 打入冥府，他们的躯体成为野狗
> 和秃鹰的美食，宙斯的意愿实现了。
> 请从阿特柔丝之子、人民的国王阿伽门农
> 和神一样的阿喀琉斯之间的争执开始吧！

说书人的重点非常明确，他要讲述的就是英雄阿喀琉斯的愤怒。事实上整部《伊利亚特》就是围绕阿喀琉斯的两次愤怒展开的，而且时间限定在特洛伊战争的最后50天。

阿喀琉斯的第一次愤怒源于希腊方的首领阿伽门农拒

绝归还一名女俘，而这名女俘的父亲恰好是阿波罗的祭司，于是这位父亲就向阿波罗哭诉，希望能够领回女儿，阿波罗便给希腊方降下瘟疫。后来希腊军队通过占卜知道了瘟疫由阿伽门农引起，阿喀琉斯要求其归还女俘。阿伽门农碍于身份，不得不归还女俘，但他也不是省油的灯，他心里有愤懑咽不下，就抢夺了阿喀琉斯心爱的女俘。阿喀琉斯又愤怒又悲伤，向母亲海洋女神忒提斯哭诉，他第一次愤怒的结果是他拒绝为希腊方出战。

阿喀琉斯的第二次愤怒又是因为什么呢？

因为他拒绝出战，而他又是希腊方面唯一能和特洛伊英雄赫克托耳抗衡的人物，故希腊方节节败退，阿喀琉斯的好友帕特洛克罗斯穿上阿喀琉斯的盔甲，替后者出战，最终为赫克托耳所杀，这激起了阿喀琉斯的第二次愤怒。此次愤怒的结果是阿喀琉斯重新出战，杀死赫克托耳，并凌辱尸体。最终，赫克托耳的老父亲只身来到希腊方的军队，请求赎回儿子的尸体。

这一段非常感人，阿喀琉斯也被这位老父亲感动了，他说：

第三篇　异域之魅

> 不幸的人，你心里忍受许多苦难
> 你怎敢独自到阿开奥斯人的船边来见
> 一个杀死你许多英勇的儿子的那个人？

最后，阿喀琉斯同意将赫克托耳的尸体归还，全特洛伊为赫克托耳哀悼下葬。

史诗到此结束，并没有涉及阿喀琉斯的死亡。

我们在这里打住，这里有几个地方很值得我们留意。

两种写法，第一种按照时间顺序描述整场特洛伊战争，十年生死两茫茫，第二种只写战争结束前 50 天，聚焦阿喀琉斯的愤怒，有什么区别？两种写法的重点分别是什么？

前者是战争的进程本身，后者是阿喀琉斯这个人本身。所以你可以看到古希腊传统对英雄的高度推崇，他们有浓重的英雄主义情结！

我们之前提到宿命，说人的命运早就注定，无法改变，英雄也是一样。大家都听到过"阿喀琉斯之踵"的说法，说阿喀琉斯的母亲、海洋女神忒提斯在儿子出生不久就用

文学经典怎么读

手握住他的脚踵,将他全身浸到冥河之中,使得他刀枪不入,但是他身上唯有一处没有浸到冥河水,就是忒提斯手握住的脚踵,因而这个谚语的意思是"致命伤"。希腊神话记载,特洛伊战争的最后,阿喀琉斯就是被帕里斯王子的弓箭射中脚踵而死的。

他的母亲为什么要这么做?因为阿喀琉斯也有不可抗衡的命运——他将名垂青史,但注定不得长寿,年纪轻轻就会死在战场上,所以他的母亲希望他能够刀枪不入。忒提斯后来还作过别的努力,比如在特洛伊战争爆发后,她把这个儿子藏在宫中,把他打扮成女孩,后来阿伽门农得到神谕,如没有阿喀琉斯参战,特洛伊城将无法攻破,于是希腊方的人来宫中寻找阿喀琉斯。阿喀琉斯相貌俊美,又是女性打扮,所以只凭视觉无法分辨。后来是奥德修斯想出一计,他在宫外吹起号角,那些女孩都害怕地逃跑,只有阿喀琉斯镇定自若,还要拿武器保卫宫廷,他就这样被认了出来。

但是,纵然是英雄,也逃不过自己的宿命。阿喀琉斯虽年纪轻轻就战死沙场,《荷马史诗》却并不因此流于感

第三篇　异域之魅

伤，相反，有一整部史诗来歌颂这个人的生命价值。

此外，即便在我刚才寥寥数语的描述中，大家也看到了阿喀琉斯的多面性格：

他会愤怒，也会哀伤，也会为失去心爱的女俘流泪；他也很残忍，誓要凌辱尸体，但也会被老父的恳求而打动。

我们先前提到古希腊的神，他们具有人的欲望和弱点，这里的英雄也都是鲜活的肉身，而且既然是人，就有缺点也有优点，英雄不会因为有缺陷就不能成为英雄。实际上，古希腊神话和史诗里对英雄的定义或许和我们今天不太一样，他们不用好与坏这种道德标准来评判英雄。如果一个人要成为英雄，他就必须挣脱平凡人的生活藩篱，不顾一切地实现自己的才能，只要他这样去做了，无论他最后做了好事还是做了坏事，他都被古希腊人认定是英雄。

至此，我们可以看到古希腊文化在不可违抗的命运和人的自由意志之间构建一种平衡，即便未来不一定顺从自己的意愿，也不妨碍人要努力发挥自己的生命力量，让留于世间的足迹都绽放成绚烂的火花。

第9讲　亲吻头颅的变奏：从文艺复兴到现代派的审美转变

在阅读欧美文学作品的时候，我们或许都遭遇过类似的麻烦，有那么多的"主义"令我们摸不着头脑：浪漫主义、象征主义、唯美主义、表现主义、哥特主义、现实主义、自然主义、存在主义、殖民主义、后殖民主义、女性主义、结构主义……或许怕我们搞明白这些后不够尽兴，还琳琅满目，但只能看不能吃的"派"塞给我们：先锋派、意象派、颓废派、新感觉派、新批评派……虽然阅读的过程本身可以完全不用理会这些派别，但年轻的学生都有一种"野心"，渴望读一本书就长一分话语权，渴望成为可以对这些文学流派侃侃而谈的人。那么，除了用维基百科或者文学术语大辞典把这些术语一个一个弄明白（虽然我觉得光靠这些方法，会被弄得更糊涂），有没有更有趣且有效的方法？

我上简明文学史的课时更喜欢挑一个西方文学史里的原型故事，然后看这个故事如何在不同的时代被不同的人演绎，而这里面的变与不变就透露着各个时期的文学潮流

第三篇　异域之魅

和审美趋势。这里带来的是三个"亲吻头颅"的故事。

一、源于民间的现实主义：薄伽丘的《十日谈》

大家或许都听闻过意大利"文艺复兴三杰"，其实"文艺复兴三杰"有两种提法，如果你问画家，他们的回答是达·芬奇、米开朗琪罗和拉斐尔，而如果你问我这个搞文学的，我的回答则是但丁、彼得拉克和薄伽丘。

这三人中间我们最熟悉的大概是但丁，他的著名代表作是《神曲》，分为《地狱》《炼狱》和《天堂》三篇；彼得拉克是个诗人，代表作是《歌集》。这两位作家有个很重要的共同点在于，他们的作品里都有一位缪斯存在。在《神曲》中，但丁首先是由罗马诗人维吉尔引领着漫游地狱和炼狱，然后到达天堂时，诗人维吉尔退场，取而代之的是贝雅特丽奇。这位贝雅特丽奇现在被称为是但丁的恋人，但准确地说，并不是这样。但丁只见过她两次，第一次在邻居的家庭宴会上，贝雅特丽奇八岁，比但丁小一岁，第二次则是在阿诺河的三圣一桥上，但丁远远望见了和女伴一同散步的贝雅特丽奇，他说那一刹那，他忘记了如何呼吸。但就是这段几乎连认识也算不上的情谊，牵扯了但丁的一生，阿根廷作家博尔赫斯甚至认为，《神曲》中的地狱、炼狱、煎熬的灵魂、怪兽，都是无足轻重的"插曲"，但丁书写《神曲》只是为了要与贝雅特丽奇"重逢"。巧合的是，彼得拉克也有这样一位——劳拉。19岁的她曾在亚维农的一座教堂里出演《离散的旋律》，让时年23岁的彼得拉克一见倾心，然而当时劳拉已经嫁给了一位贵族，因而他们之间几乎没有任何比那匆匆一瞥更深的联系。尽管如此，劳拉却成了彼得拉克诗中理想与美的化身。

相对而言，薄伽丘显得通俗许多，小说集的背景是中世纪的佛罗伦萨，令人闻风丧胆的黑死病正流行，有七个女人和三个男人跑到佛罗伦萨郊外的一座别墅里避难，于是每人每天讲一个故事，就这样过了十天，一共讲了一百个故事。英国作家乔叟之后的名作《坎特伯雷故事集》也是模仿了这种形式。

今天来看，《十日谈》的故事很多都"少儿不宜"，也比较粗糙，但为何这部作品会被视为文艺复兴的杰作？我们来看这一讲的第一个故事。

这个故事讲的是墨西拿城里有三兄弟，都是富商，而

第三篇 异域之魅

且还继承了父亲留下的一大笔遗产。

他们有个妹妹叫莉莎贝塔,长得很美,但尚未嫁人。后来三兄弟的商号雇了个英俊魁梧的年轻人,名叫洛伦佐,莉莎贝塔不禁多看他几眼,对他生出了好感。洛伦佐也发现了,就不再拈花惹草,一心一意对莉莎贝塔。

可是这两情相悦、私订终身的美事却被大哥先撞见了,大哥不作声,和两个弟弟商量。他们没有在妹妹面前表现出任何异样,也和往常一样与洛伦佐相谈甚欢。有一天,他们借口说去城外办事,带了洛伦佐同去,就这样趁机在荒郊野外把洛伦佐杀害并掩埋,回去后就跟人说,派洛伦佐去别的城市办事了。

洛伦佐一去不回,莉莎贝塔很着急,她试图从哥哥们那里探口风,但被哥哥顶了回来。莉莎贝塔没有其他办法,只好每晚以泪洗面,苦苦盼着情人早日回来。就这样,某个晚上,她终于梦到了洛伦佐,他面容憔悴、苍白,衣衫褴褛,对她说:

"我再也回不来了,因为你最后见到我的那天,你的三

文学经典怎么读

个哥哥杀了我。"

梦中洛伦佐还说出了他被掩埋的地方，他叮嘱莉莎贝塔不必再等他了。

莉莎贝塔第二天一早醒来，什么都没跟哥哥们说，而是带了个贴身女仆去洛伦佐托梦告诉她的地方，她们开始挖土，结果真的挖出了洛伦佐的尸体。莉莎贝塔本来想把尸体带回去好好安葬，但这不现实，所以她用刀子割下情人的头颅，小心包裹，回家后种在罗勒花盆底下，整日用泪水浇灌，这罗勒长得特别茂盛，香气扑鼻。

但她终日抱着花盆哭泣的行为引起了街坊邻居和哥哥们的疑心，三个哥哥偷偷搬走花盆，把土翻出来看里面有什么，结果是颗人头。他们很惊慌，怕杀人的事情被别人知道，于是就重新把头埋好，逃到了那不勒斯。

在《十日谈》中，这个故事如此收场：

> 年轻的姑娘终日哭泣，要找回她的花盆，郁郁而死，结束了她悲惨的爱情。过了一段时间，这件事逐渐传了开来，有人编了一首歌谣，流传至今。歌谣开头两句是这样的：

第三篇　异域之魅

> 那个坏家伙究竟是谁,
> 偷走了我的罗勒花盆?

这个故事很动人,也很简单,就像我们今天说的市井故事——"我跟你说哦,我一个阿姨的女儿,不是还没结婚吗?喜欢上了街角药店的小伙计,家里人肯定不同意呀……"这就是《十日谈》的风格,它收录了当时流传于佛罗伦萨地区的民间故事。

这个故事虽然戏剧性很强,但总体上是写实的,我们看故事里的三个重要转折便可以知晓。

第一个转折是三兄弟杀害洛伦佐。他们先把他骗到偏僻的地方,再实施暴力,回来后找个圆谎的借口,即便是今天,犯下凶杀案的歹徒也常用同样的计谋。

第二个转折或许大家会觉得完全不符合现实,哪里有被害人托梦告诉别人自己被埋在什么位置的。如果是这样,那么法医和警察都不用上班了,天天在家里睡觉,等着冤魂托梦找自己帮忙就得了。确实,这个情节本身并不符合现实的逻辑,但是我们需要注意,在民间的语境中,这也是现实的一种层面。比如,在中国的某些农村地区,有人

文学经典怎么读

会请通灵的神婆把已故亲人的魂魄招上来,然后神婆就像被鬼附身一般,声音变了,走路姿势也变了,好像忽然成了那个被招魂的死者的样子,开口说话。如果别人说起这些,我们尽可以说,这个是迷信,不要相信。但说起这些的人却会很认真地说:"说是这么说,但她真的说准了很多事情……"如用同样的思路来看待这个故事,莉莎贝塔的梦反映了类似的民间迷信。

第三个转折是小说的结尾,三兄弟逃之夭夭,妹妹的故事成了一首歌谣。事实上,在后人整理的民间歌谣集里,确有这首歌谣,而且时间也和故事的时间相符——十三四世纪的意大利。当然,小说是虚构的,是先有这歌谣,再因为歌谣而发展成了故事,还是先有这个故事,再有人谱了曲成为歌谣,我们已经无从知晓。但这不重要,重要的是,这个传说很符合民间的现实逻辑。

所以,如果一部小说总体符合现实的逻辑,也反映现实的问题,那么它就被归入现实主义的范畴。

这个故事反映什么现实呢?为什么姑娘的爱情不得善终呢?这里至少有两个重要因素:一是门第,两人门不当

第三篇　异域之魅

户不对，洛伦佐不是三个富商兄弟想要的妹夫；二是私订终身，在没有结婚前，莉莎贝塔委身于意中人，也很难为当时的伦理教条所容许。于是，在大家为这段姻缘哀婉叹息的时候，也暗含了对这些世俗成见的抗议。这也是文艺复兴的主流，打破以"神"为核心的道德伦理，把"人"放到中心位置。

二、浪漫与颓废的唯美主义：王尔德的《莎乐美》

说到这里，或许大家有疑问，这一讲的题目不是"亲吻头颅"吗？可哪里有亲吻头颅呀？这不是成了挂羊头卖狗肉了吗？别急，故事的变奏这才开始。

但是在进入王尔德的《莎乐美》之前，我们要先谈一位我们都熟悉得不能再熟悉的人物——安徒生。他改写过我方才提到的《十日谈》里的这则故事，安徒生的版本题作《玫瑰花精》，收入其童话集里。整个故事的内核（妹妹和小伙子私订终身，哥哥杀害妹妹的心上人）都被保留了，不同的是两个年轻人没有来历，只是"一个漂亮的年轻人和一个美丽的少女"，少女没有三个哥哥，而只有一个"阴险和毒辣"的"坏哥哥"。此外，安徒生为这个故事制作了一只精巧的匣子，有一位爱情的见证者贯穿始终，他就是玫瑰花精。花精找家的时候看到了他们相爱，也是花精钻到少女的梦里告诉她，情人已被她的哥哥杀害，亲吻头颅这个细节也正是在安徒生的童话里出现的：

> 她很想把尸体搬回家，但是她不敢这样做，她把那个眼睛闭着的、灰白的头颅拿起来，在他冰冷的嘴上亲了一下，然后把他美丽的头发上的土抖掉。"我要把它保存起来！"她说。当她用土和叶子把死尸埋好后，就把这颗头颅带回家来。在树林中埋葬着他的地方有一棵盛开的素馨花；她摘下一根枝子，带回家里来。

结尾也不再有多管闲事的街坊邻居，而是多情的少女每天吻着花盆上长出的素馨花的花苞，泪如泉涌，最后韶华早逝。然而童话没有在此结束，这之后是玫瑰花精的复仇，他找来蜂后帮忙，不过当他和蜂后带着一大群蜜蜂来到坏哥哥的卧房时，他已经被花盆里的花精们用毒剑刺死了。不明所以的人们说："素馨花的香气把他醉死了！"蜜蜂也不完全是走过场，有一个人把花盆搬走时，蜜蜂蜇了他一下，花盆摔在地上，人们看到了里面的头颅，就猜到，这个死去的人是个杀人犯。

第三篇　异域之魅

我们来看一下，安徒生如何通过简单的减法和加法成功将这个故事的市井气息剔除得一干二净。

首先是减法，他抹去了所有人物的背景，《十日谈》的地域性特征也荡然无存。这几乎是所有童话的共性，时间是模糊的，很久很久以前；空间是再寻常不过的自然场景，大山、平原、海洋，然后在这里面有城堡，有宫殿，有花园；人物也是简化的，多数时候连名字也没有，美丽的公主永远是美丽的公主，歹毒的后母也永远是歹毒的后母，王子多是年轻而英俊的。如果用如今的小说标准来审视童话，这些人物会被认为是平面人物，没能呈现人性的复杂多面，但是童话和小说的重点本就不同，借用法国批评家本雅明的观点，人物越扁平，情节发展的节奏就越明快（可以用同样的视点来看时下的类型小说）。我们阅读童话的时候，并不关心人物的心理变化，我们关心的是接下来发生什么。

而结尾，安徒生则用了加法。为什么要加上这个玫瑰花精复仇的部分呢？我们很容易想到的是童话故事需要有一个美好的结局，善有善报，恶有恶报。多数童话都是如此，不过就我们阅读安徒生童话的经验来看，他似乎并没

文学经典怎么读

有对圆满结局的执念,他的很多故事结尾令人心碎,如《卖火柴的小女孩》《海的女儿》等。在解答这个疑问之前,我们先一同看看《玫瑰花精》的尾声,安徒生为这个故事书写的最后一句是:

> 蜂后在空中嗡嗡地吟唱,她唱着花儿的复仇和玫瑰花精的复仇,同时说道,在最细嫩的花瓣后面住着一个人——一个能揭发罪恶和惩罚罪恶的人。

有没有发现?当安徒生把薄伽丘的故事装进了匣子之后,故事的重点不再是匣子里的东西,而成了匣子本身,这个故事的主角不再是这个失去爱人的少女,而是惩恶扬善的玫瑰花精。因此,如果只是到少女亡故就结束,故事并没有说完。还有一点,与其用"善有善报,恶有恶报"来概括安徒生童话的结局,不如说安徒生把更多美好的期许寄托在自然和孩子身上。《国王的新衣》里唯一诚实的是那个孩子,海的女儿是个可以为爱倾其所有的姑娘,这里也是,蜜蜂以及花里的精灵善良而勇敢。

我们最后再来看亲吻头颅的那一幕。大家先用现实语境来揣想这个情景,其实这会有点恶心,但安徒生笔下的

第三篇　异域之魅

这幕场景丝毫不让人联想起现实中的恋尸癖，为什么？在我看来，这是由于"美"的遮蔽。

首先，这颗头颅曾经属于一个美丽的年轻人，他虽然已经变得灰白，变得冰冷，但仍然拥有"美丽的头发"，因为美，似乎他仍具有生命；因为美，他就具有被保存甚至被亲吻的价值——有的男人会亲吻自己的摩托车或汽车，称其为"老婆"，有的女人会亲吻自己的首饰或新买的高跟鞋，我们则不以为然。

而后，我们会认为少女的行为是情不自禁。爱情也是"美"在世间的一种具体表现，爱情中的亲吻不足为奇，那么，虽然她的情人已经死去，但只要炽热的爱情依旧，在他冰冷的唇上轻轻地吻一下又有什么关系？

如果我们把少女之后保留头颅在花盆之中的行为也视作"恋尸"，那么这里还有一重"美"的遮蔽——花。少女随后亲吻的都是从这颗头颅上长出的素馨花，而非头颅本身，这也让读者觉得无伤大雅。

如果你同意我的观点，对于少女亲吻头颅的举动不感

文学经典怎么读

到厌恶,反而感到这也是"美"的一种体现,恭喜你,你已经登上了开往唯美主义的"贼船"!

在安徒生童话里,美只是作为对不符合道德伦理行为的一种遮蔽,然而,到了王尔德这里,美,或说感官上的愉悦,则被直接用来挑战我们的道德伦理底线。

莎乐美原本是《圣经》里的人物,不是什么重要的人,甚至连名字也没有,只是被称为"希罗底的女儿",《圣经》对这个故事的记载如下:

> 那时,分封的王希律听见耶稣的名声,就对臣仆说:"这是施洗的约翰从死里复活,所以这些异能从他里面发出来。"起先希律为他兄弟腓力的妻子希罗底的缘故,把约翰拿住锁在监里。因为约翰曾对他说:"你娶这妇人是不合理的。"希律就想要杀他,只是怕百姓,因为他们以约翰为先知。到了希律的生日,希罗底的女儿,在众人面前跳舞,使希律欢喜。希律就起誓,应许随她所求的给她。女儿被母亲所使,就说:"请把施洗约翰的头,放在盘子里,拿来给我。"于是打发人去,在监里斩了约翰,把头放在盘子里,拿来给了女子,女子拿去给她母亲。

第三篇　异域之魅

不难发现，在这个故事里，莎乐美只是充当了母亲的"喉舌"而已。杀害施洗者约翰，乃至要把约翰的头颅装在盘子上，全都是希罗底的主意。

那么王尔德怎么解释这一切呢？

仅就情节层面而言，王尔德在故事主干中只是添加了两个重要事件。一是在莎乐美跳七重纱舞之前，她想方设法地见到了被希律王囚禁的施洗者约翰；二是莎乐美如愿得到头颅后所做的惊人之举。

约翰到了王尔德的笔下，已不再是一个古怪而正经的先知，而是莎乐美眼中的美男子。

莎乐美：约翰，我渴望您的身体！您的身体就像园里从未染尘的百合。您的身体就像山中的雪一样洁白，就像犹太山上的雪，从山谷中流到平原。阿拉伯皇后花园里的玫瑰，都不及您身体的白皙。阿拉伯的玫瑰、阿拉伯的香料、落日时的余晖、海面上月亮的吸呼……这一切都比不上您身子冰洁的万一。让我抚摸您的身体。

约翰：退下！巴比伦之女！世间最邪恶的女人。不准再对我说话。我不再听你说话。我只听主的声音。

莎乐美：您的身体太可怕了，像麻风病人。像是受到毒蛇于其上横爬穿刺,像是蝎子于其上筑巢而居,像是所有一切令人作呕物事的白色坟墓。太可怕了,您的身子太可怕了。是您的头发令我迷恋无法自拔,约翰。您的头发像是串葡萄,就像是以东葡萄园里垂下的串串黑色葡萄。您的头发像黎巴嫩的杉树,像是黎巴嫩的巨大杉木,树影可容狮子休憩,可以让强盗在白昼躲藏。漫漫长夜,当月亮隐藏她的脸庞,当众星消失,但这一切都不黑暗。在世上没有任何东西比得上您头发的黑沈……让我抚摸您的头发。

约翰:退下,所多玛之女!不准碰我。不准污蔑主的头颅。

莎乐美:您的头发太可怕了,上头沾满了泥巴与灰尘,像是戴在您额前的可笑皇冠,像是盘绕在脖子上的一段段黑色小蛇。我不爱您的头发……我想要的是您的嘴唇,约翰。您的嘴唇仿佛是象牙高塔上的一段红带,仿佛是由象牙刀所切出来的石榴。泰尔园里盛开的石榴花,比玫瑰更显鲜红,但却相形失色。国王警跸的喇叭声,令敌人胆寒,但却相形失色。您的嘴唇比起踩在酿酒桶上的脚要来得鲜红。您的嘴唇比起出没于神庙上鸽子的脚要来得

第三篇　异域之魅

鲜红。它比起从林中走出的屠狮者的脚要来得鲜红。您的嘴唇像是渔夫在破晓的海上所寻获的血红珊瑚,那些只贡奉给国王的血红珊瑚!……它就像是莫比人在矿场中挖出的朱砂,那些只贡奉给国王的朱砂。它就像是波斯国王的领结,以朱砂染色,再以珊瑚嵌饰而成。在这世上没有任何东西比得上您鲜红的嘴唇……让我吻您的嘴。

约翰:不行!巴比伦之女!所多玛之女!不行。

莎乐美:我要吻您的嘴,约翰。我要吻您的嘴。

莎乐美遭到了施洗者约翰的断然拒绝,但她的欲望之火并未就此熄灭,就这样,她向希律王开口,要施洗者约翰的头颅,而当她如愿得到头颅之后:

〔一只巨大的黑色手臂,处刑人的手臂,从水牢下伸出来,提着银色的盘子,里头装着约翰的头。莎乐美立刻抓着它。希律王用他的外衣盖住他的脸。希罗底得意地摇着羽扇。拿撒勒人跪在地上开始祈祷。〕

莎乐美:啊!你总算要承受我吻你的嘴了,约翰。好!我现在要吻你。我要用我的牙齿,如同咬着水果一般地吻你。是的,我现在要吻你的嘴,约翰。我说过的;我是不是说过呢？我说过。啊，我现在要吻你……但为何你不看着我，约翰？你那双令人胆寒的眼睛，充满愤怒与轻蔑的双眼，现在却紧闭着。你为何要闭着眼睛呢？睁开眼睛吧！扬起你的眼盖，约翰！为何你不看着我？难道你怕我吗，约翰，所以你才不敢看着我？……还有你的舌头，像是四处喷洒毒液的红蛇，现在不再动了，再也不说话了，约翰，那条向我吐出怨恶的猩红毒蛇。很奇怪，不是吗？那条红毒蛇是怎么了？……你的心中没有我，约翰。你拒绝我。你向我口出恶语。你以妓女看我，以荡妇待我，我，莎乐美，希罗底之女，犹太王国的公主！很好，约翰，我还活着，但你，你已经死了，而且你的头颅还属于我。我可以随心所欲地处置。我可以抛给一旁的饿狗与空中的飞禽。狗儿餐咬之后，鸟儿飞来啄咽。……啊，约翰，约翰，你是我唯一爱的人。其他的男人在我心中都只产生厌恶之感。但你，你太美丽了！你的身体如同银座上的纯白大理石雕像，令人感到处于满是白鸽与百合之间的花园里。那是座银白细工的象牙之塔。世上再也没有任何东西比得上你白洁的身体。世上再也没有任何东西比得上你乌黑的头发。在这世界里，没有什么能与你的红唇相比。

第三篇　异域之魅

你的声音犹如炉中所散发出的奇特香气，当我看着你时，我听到一股特别的音乐。啊！为何你不看着我呢，约翰？在你的双手与诅咒之后，你隐藏了你的脸庞。你闭上双眼，见到你的神。所以，你已见到了你的神，约翰，但我，你却没见到我。如果你看到了我，你将会爱上我。我，我看你，约翰，我爱你。噢，我多么地爱着你呀！我爱你，约翰，我只爱你……我希求你的美丽；我渴望你的身体；无论美酒与鲜果，都不能满足我的需要。我现在该怎么做呢，约翰？洪水与海洋都无法浇熄我的热情。我是个公主，而你却蔑视我。我是个处女，而你却夺走我的纯洁。我是贞洁的，而你却点燃我的血液……啊！啊！为何你不看着我，约翰？如果你看着我，你就会爱上我。很好，我知道你会爱上我，爱情的神秘，远远超越死亡的神秘。人们应该只要考虑爱情。

这一次你的阅读感受是怎样的？还是和读《玫瑰花精》一样感到亲吻头颅的细节无伤大雅吗？还是和我初读时一样，深深吞了口唾沫，感叹道："哎哟，这个真有点变态！"那么，同样是亲吻割下的头颅，为什么在安徒生笔下显得温和，而在王尔德笔下却充满争议呢？

文学经典怎么读

坊间流传的 FBI 心理变态测试题有这么一道，或许我们都听说过：

> 有母女三人，母亲死了，姐妹俩去参加葬礼。妹妹在葬礼上遇见了一个很帅的男子，并对他一见倾心。回到家后，妹妹把姐姐杀了。为什么？

有心理变态倾向的人会回答说："因为她想再办一次葬礼。"

所谓"变态"，在于逾越大多数人道德底线的价值判断，即这个妹妹对于人命的轻视。类似地，我们可以反观莎乐美，和《玫瑰花精》的少女不同，莎乐美的欲望直接促成她教唆杀人。至此，"美"不再是一块遮羞布，而是触发欲望和凶杀的源泉。

这个戏剧如今放到西方文学史中考察有着浓厚的象征意味，和王尔德同生活在 19 世纪后期的德国哲学家尼采宣布"上帝已死"。他不是发问，而是宣告一个事实，我们完全可以在王尔德这里看到这个迹象。

在《圣经》里，在讲述施洗者约翰的故事前，有这样

第三篇　异域之魅

两句:"那时,分封的王希律听见耶稣的名声,就对臣仆说:'这是施洗的约翰从死里复活,所以这些异能从他里面发出来。'"这两句至关重要,也就是说,希律王虽然斩杀了施洗者约翰,但是从他的心理层面而言,这个斩杀行为没有完成,因为他冥冥中感到后者会复活,说通俗一些,即希律王一直经受着良心的煎熬。和《圣经》中的很多故事一样,这些"文学"作品的主要目的是传达道德伦理的教诲,后来尼采口中所言的"上帝",并不是指上帝本身,而是指基督教建立起的一整套道德伦理体系。

然而到了王尔德笔下(事实上,王尔德的版本在德国诗人海涅笔下就已基本成型,王尔德的剧本是集大成之作),施洗约翰的斩杀被彻底完成了。一方面,莎乐美绝不会出于罪咎而感到他会复活,我们看到剧本尾声中莎乐美沉浸于欲望完成后的满足,这种满足可能会使她无惧于即将到来的死亡。她说:"啊!我吻了你的嘴,约翰,我终于吻了你的嘴。你唇上的味道相当苦。难道是血的滋味吗?……或许那是爱情的滋味……他们说爱情的滋味相当苦……但那又怎样?那又怎么?我终于吻了你的嘴,约翰。"另一方面,盘子上的施洗约翰的先知身份被一笔勾销，他仅仅作为欲望的对象存在而已，我们甚至可以说，他成了一个物件———他彻底死了。

与此同时，我们还可以思考一个问题。我们过去时常用概括中心思想的方式来归纳一个作品，我们可以说《十日谈》是批判了中世纪刻板的伦理教条和森严的等级制度对自由爱情的压制，我们也可以说《玫瑰花精》是歌颂了玫瑰花精爱憎分明、惩恶扬善的行为。"批判"或者"歌颂"，是传统语文训练我们面对文本的条件反射。然而，用这种方式，要如何总结王尔德的《莎乐美》呢？

歌颂欲望？好像不是。批判欲望？好像也不是。

传统语文的训练不顶用了。这是因为王尔德以及唯美主义艺术家反对的正是这种传统的将文学作为道德说教工具的观点。唯美主义的口号是"为艺术而艺术"，在其长篇小说《道连·格雷的画像》"前言"里，王尔德如是说：

> 艺术家是美的创造者。
> 对美吹毛求疵的人是堕落的，没有生活趣味的。这是种错误。

第三篇 异域之魅

> 在美中能够去发现美丽之处的人是有教养的人。希望就在于此。
>
> 对他们这些被选中的人来说，美的意义就是美，没有其他杂质。
>
> 书没有道德或不道德之分，只有写得好坏之分。仅此而已。
>
> 艺术家没有道德同情心。艺术家的道德同情心是不可原谅的习性。
>
> 艺术家可以表达一切事物。这不是种病态。
>
> 一切艺术都是无用的。

三、令人惊愕的现代派：福克纳《献给爱米丽的一朵玫瑰花》

如果你感到莎乐美的口味还不够重，无妨，我们驶往这趟文学旅程的下一站：20世纪的著名美国作家威廉·福克纳。

让我想想如何来讲这个故事才不会糟蹋小说留给读者的惊喜。如果你还没读过那部小说，那么最好的办法是你先放下这本书，去找来读一读，你会明白我的意思。那么，为了比照的需要，我还是需要讲一讲这个故事。

文学经典怎么读

小说从爱米丽小姐去世讲起，全镇的人都去送丧，可以说他们出于爱慕、敬仰，毕竟，爱米丽小姐已经成了一个过去的时代的象征，然而，这个不具名的叙事者透露，大家挤进这栋房子的真正目的是好奇，因为"除了一个花匠兼厨师的老仆人之外，至少已有十年光景谁也没进去看看这幢房子了"。

爱米丽小姐出生在美国南北战争后的一个南方小镇——杰弗生镇的一个保守家庭里，父亲格里尔森自视甚高，一生都维护着南方传统的等级制度和尊严，把所有向爱米丽小姐求爱的年轻人都赶走了。人们经常看到的是："身段苗条、穿着白衣的爱米丽小姐立在身后，她父亲叉开双脚的侧影在前面，背对着爱米丽，手执一根马鞭，一扇向后开的前门恰好嵌住了他们俩的身影。"到她年过三十尚未婚配的时候，大家为爱米丽感到可悲，也想起她的姑奶奶韦亚特老太太最后变成了一个十足的疯子。可是就是这样一个"抢走她一切"的人，爱米丽小姐在她父亲死后还是无法接受她父亲死亡的事实，当所有的妇女到她家拜访她时，竟然看到爱米丽小姐穿着平日的衣服，面无哀愁地接待她们，对她们说，她的父亲没有死，一连三天。最后

第三篇　异域之魅

是镇上的人准备诉诸武力时,爱米丽才瘫软下来,让他们处理掉了父亲的尸体。

爱米丽人生的转机发生在她父亲过世的那年夏天,镇上来了个北方佬,叫荷默·伯隆,是建筑公司的包工头。不久之后,每逢礼拜天的下午,他就和爱米丽小姐一同驾马车出游。正当大家议论纷纷,觉得这不是一个高贵的妇女应有的礼仪时,发生了其他的一些事情,比如,爱米丽小姐去药剂师那儿买了砒霜,却没有如大家以为的那样自杀;又比如,爱米丽小姐去首饰店订了一套男人的盥洗用具,还买了全套的男人服装,包括睡衣,但却没有如大家预料的那样结婚。而后,荷默·伯隆似乎离开了小镇,爱米丽小姐则老了,发胖了,等她的瓷器彩绘课不再有学员的时候,爱米丽家的大门就一直紧闭着。

如今,她死了,家里只有一个垂垂老矣、跟谁也不说话的黑人。全镇的人都跑来看爱米丽小姐的尸体,涌进这栋房子,敲开楼上的一间"四十年来没有人见到过"的房间,迎接他们的是这样一幕景象:

门猛地被打开,震得屋里灰尘弥漫。这间布置得像新房的屋子，仿佛到处都笼罩着墓室一般的淡淡的阴惨惨的氛围：败了色的玫瑰色窗帘、玫瑰色的灯罩、梳妆台，一排精细的水晶制品和白银做底的男人盥洗用具，但白银已毫无光泽，连刻制的姓名字母图案都已无法辨认了。杂物中有一条硬领和领带，仿佛刚从身上取下来似的，把它们拿起来时，在台面上堆积的尘埃中留下淡淡的月牙痕。椅子上放着一套衣服，折叠得好好的；椅子底下有两只寂寞无声的鞋和一双扔了不要的袜子。

那男人躺在床上。

我们在那里立了好久，俯视着那没有肉的脸上令人莫测的龇牙咧嘴的样子。那尸体躺在那里，显出一度是拥抱的姿态，但那比爱情更能持久、那战胜了爱情的煎熬的永恒长眠已经使他驯服了。他所遗留下来的肉体已在破烂的睡衣下腐烂，跟他躺着的木床黏在了一起，难分难解了。在他身上和他身旁的枕头，均匀地覆盖着一层长年累月积下来的灰尘。

后来我们才注意到旁边那只枕头上有人头压过的痕迹。我们当中有一个人从那上面拿起了什么东西，大家凑近一看——这时一股淡淡的干燥发臭的气味钻进了鼻孔——原来是一绺长长的铁灰色头发。

第三篇　异域之魅

我相信大家都收到了福克纳留在最后一段的暗号——"原来是一绺长长的铁灰色头发",这么一比,爱米丽小姐的"变态程度"远高于莎乐美了,她不仅亲自动手,用砒霜毒死自己得不到的爱人,还跟死尸同床共寝了四十年,这真的超出了我们可承受的范围了。

关于这部小说的主题,可以从很多角度分析,最核心的莫过于爱米丽小姐本身就成了传统的化身。这是个新旧交替的时代,而且作为南北战争中战败的一方,旧的体制注定会被扫除,所以爱米丽的古怪、神秘令人难以忍受,而其尊严感令人钦佩,这也是新一代人看待传统的眼光。

我在此不就小说本身的主旨展开,我们还是关注"亲吻头颅"这个情节和之前的《莎乐美》相比发生了哪些变化?

第一,福克纳笔下的爱米丽小姐缺乏"美",美不再是小说的主题,我们甚至可以说,最后这一步是赤裸裸的丑,令人恶心的丑。

第二,虽然最后一幕令人惊骇,但是这部小说总体符合现实的逻辑,也就是说,它在回归写实的传统。小说的故事背景很明确,我们甚至又可以拿出那套"歌颂"或"批判"的话语套上去,但是,它显然又和传统的现实主义文学不同。

现实主义文学中也有"亲吻头颅"的运用,例如法国作家司汤达的长篇小说《红与黑》。即便大家没读过这部小说,对它可能也不陌生,它是所谓的文学名著,在小说最后,外省青年于连一心想要跻身巴黎上流社会的美梦破灭了,他因企图杀害市长夫人而被判死刑,他的恋人,那位贵族小姐贿赂刽子手买下他的头颅,想要好好安葬他。

司汤达或许嫌小说的结尾过于"浪漫",还特地附上说明——这个贵族小姐看了很多言情小说。

司汤达是19世纪法国现实主义文学的代表,可以看到,小说几乎每一个情节都经过精心计算,须忠实地反映现实,倘若出现"浪漫"的倾向,很可能是因为女主角读了大量言情小说。另一部法国现实主义的巅峰之作——福楼拜的《包法利夫人》中的爱玛三番五次出轨也是言情小说惹的祸。言外之意,现实哪有这么多的浪漫可言?19世

第三篇　异域之魅

纪的现实主义作家，尤其是男作家，撇清浪漫的姿态近乎洁癖，生怕任何浪漫因素的介入会妨碍现实主义文学关照社会问题的深度，有悖作品的严肃性。

如果让他们看到福克纳的《献给爱米丽的一朵玫瑰花》，他们绝对会认为这种写法是对现实主义的玷污，事实上，我们预感到的福克纳作品与司汤达和福楼拜的迥异已经在透露一个讯息——是的，福克纳的作品具有的是现代主义的特征。

笼统地说，现代主义就是与19世纪文学艺术的陈规旧矩对着干，他们更强调表现情感的真实，而为了呈现这种情感的真实，他们时常求助明显甚至夸张荒诞的文学技巧。我们在福克纳小说中最终感受到的鸡皮疙瘩都落了一地的恐怖感和他在小说中杂糅哥特元素不无关系。哥特风格或许我们不陌生，吸血鬼、狼人、古堡、家族诅咒都是这个流派的拿手好戏，也是今天恐怖小说、恐怖电影的鼻祖。但是福克纳的目的不为吓唬读者，而是以哥特元素的介入来表达更新换代的南方小镇对于传统的那种微妙而复杂的心理。《献给爱米丽的一朵玫瑰花》在叙事者的运用上也别

文学经典怎么读

出心裁,叙事者隐藏在"我们"这个群体里,这个叙事者是谁?和爱米丽小姐什么关系?小说里流露的都是"我们"的感受,"我"怎么想?都是值得深究的问题。这些技巧成就了这部短篇小说的魅力。而福克纳的长篇小说更是成就其为现代主义文学一大分支意识流文学的代表人物,那大段大段直露而零碎的心理独白与 19 世纪现实主义文学中的心理描写不可同日而语,后者是作家塑造人物的方式,前者则是作家直接把读者接到人物的脑海,捕捉每一朵浪花。

文学,尤其是小说,发展到 20 世纪之后,会遭遇这个难题:日光之下并无新事,所有的故事都被讲过了,小说还能写什么?而今,西方小说家几乎能够达成的共识是,不需要有新的故事,但必须有新的讲述方式。

其实,就一个简简单单的"亲吻头颅"的故事,已经有这么多种不同的讲法了。

第三篇　异域之魅

第10讲　长篇小说的结构艺术：读陀思妥耶夫斯基《罪与罚》

我十多岁的时候从未想到自己将来会从事文学，所以相较同龄人，我读文学名著读得少，接触《罪与罚》是在成为上海世界外国语中学的 IB 老师之后，需要在翻译文学部分教这部作品，就是在那个暑假我第一次阅读《罪与罚》。

这是一本注定需要在回味和重读中理解的作品，我想说的是，和很多人一样，我初读的体验很糟糕。冗长、厚重、深奥，加上俄罗斯人本就难记且还不断变换的名字，这一切让我直觉性地质疑：陀思妥耶夫斯基以及这部作品是不是被高估了？

随着年纪和阅历的增长，我现在的答案很明确：没有被高估。有些书，比如《罪与罚》，年轻的时候读了，哪怕不喜欢，多半以后回想起来会感激的，当然，我并不想以此来说服大家接受我的观点。

《罪与罚》的思想性似乎在文学界有颇高的共识，但是文学性却遭到很多质疑。这一讲我们就一同检审《罪与罚》

的结构——在质疑之前，我们会不会漏了一些东西？

一、复调艺术：对真理的再思考

俄国著名文学批评家巴赫金著有《论陀思妥耶夫斯基的诗学问题》，很详细地分析了老陀作品里的"复调"。这听起来很复杂，实际上当然也很复杂，但我们简单来说，复调原是音乐术语，一首曲子含有两条以上的独立旋律，和谐地结合在一起，就是复调。学校里唱大合唱，分高声部、低声部，高声部和低声部一同合作才能完成这首歌曲的演唱，其实也是复调音乐。

那复调音乐和《罪与罚》有什么关系呢？在巴赫金看来，老陀笔下这么多人物，这么频繁的人物与人物之间思想上的交锋，但每次辩论都不会得出一个答案，即甲方获胜还是乙方获胜，要么是不了了之，要么是被琐事打断，这或许是陀思妥耶夫斯基有意为之：他想保持每一个人所代表的不同观点的独立性。

和很多人一样，我小时候也一直笃信真理越辩越明。但是后来卡耐基的一本畅销书《人性的弱点》第一次让我读到不同的观点，生活中的争辩多数不会通向"真理"。或

第三篇　异域之魅

许大家也有过这样的经验，争论的缘起可能真的是为了某个理性的问题，譬如说，科学是不是能解决所有问题？然后一个人觉得是，另一个人觉得不是。两个人一开始或许是围绕科学展开对话的，但后来争着争着，因为人是要面子的，所以两人都不想输，常见的情形是议题可能会从这个点转移到无关的话题，弄不好还会上升到人身攻击。很多夫妻吵架，本来是一件小事，最后把陈年往事都翻出来火上浇油；也有很多网络上的论战，争执双方甚至都不站在同一个层面上吵架，只是为了比谁大声而已。

从这个意义上回看《罪与罚》，里面的对话很真实，人很难真正说服别人，人也很难真正被改变。

然而，这里就产生了一个问题，如果仅仅是这些人物自说自话，或者没有结果的论争，这本书岂不是毫无意义？不就沦为了彼得堡酒馆的录音整理汇总？

这就是老陀的聪明之处，他还用了另一个技巧来平衡复调的声音，既维护了这些声音的独立性和完整性，又给出了他身为一位作家、思想家对那个时代的回应。这个技巧，我们姑且称呼它为"狂欢化结构"。

二、广场空间：狂欢化场景

要说"狂欢化结构"，首先要了解西方的狂欢节。大家多少都听说过这个节日，但是狂欢节到底是干吗的呢？

狂欢节盛行于所有基督教国家，每年的2月底到3月初举行，通常在复活节的禁食前夕。关于这个节日的缘起有这样几种解释：

有的说是因为在漫长的冬天平民吃不到好东西，所以在这一天王室和贵族会叫人把冬天储存的食物拿出来供平民分享，以慰藉他们在冬天捱过的饥饿。

还有人说以前的人相信，之所以会有冬天，是因为有主宰冬天的鬼魂，所以必须要把这个鬼魂赶走夏天才会到来，狂欢节就是用来驱赶这些鬼魂的。

虽然这一节庆盛行于基督教文明，但它被认为是民间的世俗文化传统的一部分，和宗教文化相对。其实大家看到，这些缘起要么是吃，要么是驱鬼，哪里像基督教传统？但为什么传承于基督教国家呢？有一种说法是，教会有意吸纳这一民间习俗以便更好地掌控它。

第三篇　异域之魅

我们对狂欢节的大致印象有：在这一天，人人都要穿上夸张华丽的衣裳，戴面具，这又是为什么呢？因为过去西方社会层级分明：皇权，贵族（贵族分为好几等），平民。人与人之间有不可逾越的等级存在。平时，教义主宰一切，也决定了人与人之间的礼仪和相处方式，这就导致了大家平时生活很拘谨，也很压抑，甚至爱慕、友谊、愤怒等人类基本的情感都因为等级的存在而不能自由表达。于是，也只有在每年狂欢节的时候，每个人都戴上假面，象征平日存在的等级鸿沟暂时消失：你不知道我是谁，我也不知道你是谁——人与人之间可以产生暂时的平等，释放自我，甚至放纵自己的欲望，比如大吃大喝，以及对心仪的人说"我爱你"。

《罪与罚》作品的狂欢化特征也是巴赫金在他的文论中提出的。有一些比较浅的层面，比如说，我们知道狂欢节一般需要用到街道和广场，过去在西方社会，广场平日也被皇权贵族垄断，但在这一天开放给平民，成为一种全民性的空间。什么叫全民性的空间？大家想想今天的广场舞就明白了，为什么大爷大妈要到广场上跳舞？因为在他们的潜意识里，广场是公共空间，属于平民，所以大家可以占领它，做自己喜欢做的事情。

《罪与罚》有很多类似广场的空间存在，酒馆本来就是全民性的空间，有意思的是，还有一些地方本应是私人空间，也被老陀化为广场了。比如主人公拉斯柯尔尼科的斗室，因为他的房间门总是半开着，而且紧挨楼梯口，所以常常有人随意进出，如斯维德里加依洛夫的不请自来。又比如马尔美拉多夫的房间，他在遭遇马车车祸后的弥留之际，各色人等围在这个房间里，各抒己见，大家如果还记得那个部分，可以想象那个画面，就像学校里老师经常要拔起喉咙嘶吼："吵死了，你们当这里是菜市场啊？"那个场景就是这样，最后马尔美拉多夫的妻子卡杰琳娜实在受不了了，说："你们至少让人安静地死！"

这些场景，促成了对话的发生，也常常因为人多嘴杂而酿成灾祸和闹剧，我们先放一放，待会儿具体来看。

三、加冕与脱冕：国王与小丑

除了我刚才提到的戴面具、穿夸张的服饰来消除等级秩序之外，狂欢节上还会有小丑模仿国王、王后、贵族等的仪式。模仿，就是放大模仿对象的特征，这常常会引发

第三篇　异域之魅

大家的哄笑。比如某个贵族有个大蒜鼻，小丑就装一个大蒜鼻，比如某个贵族放响屁，小丑就努力放几声鞭炮一般的响屁，类似我们今天电视上看到的明星模仿秀。

大家可以想见，平日高高在上的王室和贵族被这样一取笑，威严感荡然无存，这也是消除森严的等级关系的另一种方式。

还有一种仪式是，狂欢节常在平民中挑选国王、王后，为其加冕，分别成为"狂欢节国王""狂欢节王后"，这个名称我们可能都听过。这个仪式和其他仪式一脉相承——进一步地瓦解秩序。

或许大家初读的时候不会想到的，这些模仿以及加冕、脱冕的仪式都被运用到这部作品里，不同的是，《罪与罚》里的这些人物先被加冕，而后被脱冕。

先举个比较明显的例子，小说里有个人叫彼得·彼得罗维奇·卢仁，这是拉斯柯尔尼科夫的妹妹杜尼雅本来要嫁的对象，这个人一开始出现就说，自己和杜尼雅结婚，顶着巨大的精神和物质压力，因为杜尼雅之前在斯维德里加依洛夫家做家庭教师，与男主人之间传出流言蜚语，所以卢仁说："你看，我不顾你名誉扫地，不顾你家境贫寒，仍然决心娶你！我有多么爱你，我多么伟大！"

我们可以把这种自我标榜视为加冕的过程，通俗点说，他给自己戴了一顶漂亮的高帽子。

但老陀马上给我们显示他这顶高帽子本就千疮百孔。实际上他娶杜尼雅的原因是什么？他要一个贫苦的妻子，以便更好地控制她；他要求妻子貌美，有学识，以便自己飞黄腾达的时候妻子不会丢他的脸。

小说里还专门设计了一个给卢仁脱冕的仪式，他诬陷索尼雅偷钱，被安德烈揭穿：

> "请您立刻离开我的屋子；请您立刻滚，咱们之间算完了！我认为：我已经尽了一切努力，给他讲述了……整整两个星期啦！……"
>
> "安德烈·谢苗诺维奇，我刚才不是对您说过，我要走，可您又留住了我；现在我只要补充一句：您是个傻瓜。希望您治好您的脑筋，治好您的近视眼。女士们和先

第三篇 异域之魅

> 生们，让我走！"
> 他勉强地挤了出去，但那个军需官不肯让他那么便宜，只骂了几句就放他走：从他桌上抓起一只玻璃杯，猛地一挥，向彼得·彼德罗维奇扔了过去。可是玻璃杯却直飞到阿玛丽雅·伊凡诺夫娜身上。她突然尖叫一声，那个军需官因用力过猛，身体失去了平衡，就沉重地摔倒在桌子底下……

这是个很典型的狂欢化的场景，如之前提到的，卡杰琳娜的客厅成了一个全民性的广场空间，闹哄哄的，这里完成的是把卢仁的假面具（冠冕）摘下，所有人见证了他的虚伪，军需官甚至向他投去酒杯。

这是单一的人物加冕与脱冕的过程，这个仪式在《罪与罚》这里还有更复杂、更富创意的运用。

我们都知道小说的主人公叫拉斯柯尔尼科夫，是身在彼得堡的一个贫困大学生，他在理念的驱使下杀了人。这个人物非常多面，他确实是杀人凶手，但他并非十恶不赦，他很多时候很善良，自己这么穷，看到更不幸的人还会慷慨解囊，他甚至以为自己的凶杀行为是替天行道，他认为

文学经典怎么读

自己是"超人",而这里的"超人"(源于尼采的"超人理论")也就是他自行戴上的冠冕。

他的脱冕是怎么完成的呢?小说中没有类似卢仁那样被众人叫嚣、拷问进而撕下面具的场景,拉斯柯尔尼科夫的脱冕,是以讽刺与模仿来完成的,这是巴赫金的术语。通俗一点说,就是老陀在拉斯柯尔尼科夫身边安插了好几个人物,这些人每一个都模仿拉斯柯尔尼科夫的一个侧面,但是模仿的时候又像哈哈镜一样放大了他这个侧面中蕴藏的荒谬,然后以这些人物的分别脱冕完成了对拉斯柯尔尼科夫的脱冕。

就说刚才那卢仁的例子,卢仁信奉的功利主义到今天还很有市场,其实拉斯柯尔尼科夫的超人理论中就有功利主义的一面,他自己反复说服自己,把放贷的老太婆阿廖娜这一个人杀掉可以拯救一百个人,所以她该死,这就是功利主义的计算。

但老陀没有直接去指出拉斯柯尔尼科夫这么想不对,事实上,老陀最高明的地方就是他拒绝做简单的对错评判,而是借卢仁这个人物,呈现出功利主义多半是人自私自利

第三篇　异域之魅

的借口，我们很容易从卢仁的脱冕过程中看清这个人物的虚伪（娶贫民女子只是为了更好地充当主宰家里的权威）。当我们看清了这一点，再回过头看拉斯柯尔尼科夫的功利主义侧面，杀掉放贷人，是不是因为自己债台高筑，还不上钱？

除了卢仁外，还有至少两个人物实际上也作为对拉斯柯尔尼科夫的模仿存在：安德烈和斯维德里加依洛夫。

先看安德烈，这个人有很多矛盾的地方，常常说一套做一套。他表面上支持女性独立的理论，实际生活中却打女人；他还呈现出对理论的迷信，比如在小说尾声，有他和拉斯柯尔尼科夫的这样一段对话：

>"她（索尼雅）一定发疯了。"他们一同走到街上的时候，他（安德烈）对拉斯柯尔尼科夫说，"我只是不愿让索菲雅·谢苗诺夫娜受惊，所以说'似乎'，然而这已经是无可怀疑的了。据说，肺结核也会侵入脑子的。可惜，我不懂医学。虽然我劝过她，可是她什么话也不听。"
>
>"您对她谈过结核吗？"
>
>"不完全是谈结核，而且她也不会懂。可我现在说的是

文学经典怎么读

> 这个意思：如果你从理论上去说服一个人，告诉他，实际上没有什么事值得他掉泪，那他就不会哭了。这是毫无疑问的。可您认为他还会哭吗？"
>
> "要是这样，生活是太容易了。"拉斯柯尔尼科夫回答道。

这里我们可以看到安德烈至少两个可笑的地方：第一，他在现实生活中根本没有做过努力，就下结论认为行动没有意义（"不完全是谈结核，而且她也不会懂。"）；第二，他相信人可以从理论上说服。其实这一段的末尾，安德烈也有脱冕的过程，拉斯柯尔尼科夫早就不听他的话了，而他后来明白，自己的话原本就没有人在听。

那么，安德烈这些荒谬的地方模仿了拉斯柯尔尼科夫的哪个侧面呢？

拉斯柯尔尼科夫也迷信理论，认为自己只要除掉阿廖娜这个放贷人，平民就可以被拯救，真的这么简单吗？还是如他最后恍然大悟的那样："要是这样，生活是太容易了。"他也常常说一套做一套，比如他觉得贫穷是万恶的，但当拉祖米兴给他推荐了翻译的工作帮他解决经济上的拮

第三篇　异域之魅

据，他却不愿去做。

刚才提到斯维德里加依洛夫也是拉斯柯尔尼科夫的模仿者，这个模仿比上面提到的这些更复杂，更精妙，我们用专门的一个小节来探讨。

四、对位结构：法与恩惠

和卢仁相比也好，和安德烈相比也罢，斯维德里加依洛夫在小说中所占比重远远超过前两者。而且如果大家有心，会发现斯维德里加依洛夫和主人公拉斯柯尔尼科夫在很多方面都很相似，比如说，他俩都是无神论者，两人都很骄傲，不满足于现实，而且力求寻找从目前的困境里解脱的方法。

这里牵涉老陀在两人之间有心建立的对照，我姑且称此为"对位结构"。为什么这么称呼？之前提到过，这部小说是复调小说，每个人物的声音就像一组独立的旋律，整部小说就是这些旋律组成的交响，而音乐中有"对位法"这个术语，是使两条或者更多条相互独立的旋律同时发声并彼此融洽的技巧。"对位法"的拉丁文词源"punctus contra punctum"意为"音符对音符"，如我们把拉斯柯尔尼科夫和斯维德里加依洛夫看成两条旋律，他们之间似乎存在着音符间的对位。

这只是一个漂亮的称呼，一个虚名，让我们的这个发现听起来很牛的样子，我们还是来看实实在在的东西。

除了两人的性格特征非常相像外，老陀还用同一意象来建构两人的心理。

比较明显的是苍蝇，对于拉斯柯尔尼科夫而言，他在睡梦之后，看到：

> "一只睡醒了的苍蝇在玻璃窗上猛撞，诉苦似的嗡嗡叫。"
>
> "只有一只大苍蝇嗡嗡飞着，在窗玻璃上猛撞。"

类似的描述也发生在斯维德里加依洛夫身上。同样是斯维德里加依洛夫睡梦之后，他看到：

> "几只睡醒了的苍蝇停在桌上一盘没有吃过的小牛肉上。"

发现了吗？连苍蝇的修饰语都很类似，都是"睡醒了

第三篇　异域之魅

的",如果联系两人都刚经历的一场睡梦,那么这里的苍蝇有隐喻他们本人的意味,当然这个隐喻的内涵是高度开放的。

我在此把苍蝇挑出来说,并不是要追求其象征意义,而是想指出它在结构上的定点意味。

我读书的时候,幾米的漫画《向左走,向右走》很火,讲述住在同一栋公寓大楼的一男一女因为一个永远向左走,另一个永远向右走,几乎很难有机会相遇,虽然种种迹象表明,两人如果相遇,会是天造地设的一对。这部漫画的灵感实际来自法国诗人辛波斯卡的《一见钟情》:

> 他们彼此深信
> 是瞬间迸发的热情让他们相遇。
> 这样的确定是美丽的,
> 但变化无常更为美丽。
> 他们素未谋面,所以他们确定
> 彼此并无瓜葛。
> 但是,自街道、楼梯、大堂,传来的话语——
> 他们也许擦肩而过,一百万次了吧?

> 我想问他们是否记得——
> 在旋转门面对面那一刹？
> 或者在人群中喃喃道出的"对不起"？
> 或是在电话的另一端道出的"打错了"？
> 但是，我早已知道答案。
> 是的，他们并不记得。
> 他们会很讶异
> 原来缘分已经戏弄他们多年……

这里的街道、楼梯、大堂、旋转门以及电话都有定点意味，表明两人人生轨迹的高度重合，也就是我们说的缘分。几米的漫画，还有各种青春偶像剧都深得这种标记的精髓，很喜欢让一对情侣在一条马路的这边和那边，擦肩而过，就是不让他们撞见彼此，以戏弄观众。

从结构意义上，《罪与罚》中的苍蝇也扮演着这个角色。

其他有定点意味的意象，比如大雾。在犹豫是否自首时，拉斯柯尔尼科夫感叹："一个不正常的时期开始了：仿佛突然遇到了一片大雾，他被包围在走投无路和痛苦的孤

第三篇　异域之魅

独中。"斯维德里加依洛夫在自杀前，也感叹："户外大雾弥漫，什么东西也看不清。"

虽然彼得堡这座城市以大雾出名，好比纽约、伦敦的雨，或者上海的黄梅天，但不可否认的是，这里暗示两人都陷入了心理困境。

这还不是最妙的，最妙的是情节上的一一对应，我为大家把发生在两人身上的事情提炼出来：

拉斯柯尔尼科夫——（爱上）索尼雅——（杀害）丽扎维塔——（继承物件）十字架

当我们有了这条线索后，我们会看到在斯维德里加依洛夫身上几乎可以抓取完全相同的情节线索：

斯维德里加依洛夫——（爱上）杜尼雅——（杀害）玛尔法——（继承物件）枪

此处需要说明的是，这里的爱并不是单向的爱上，而是两个男性人物都希望从他们爱的对象上寻找救赎的希望。对斯维德里加依洛夫而言，杜尼雅就是拉斯柯尔尼科夫的索尼雅，他认为杜尼雅愿意救他，劝导他，甚至愿意为他受苦。

我们再来分析细节。先来看最后一项——继承物件：杜尼雅和索尼雅分别从两名死者手中继承了一样东西，而这种继承关系对杀人者的理论都有致命一击：

拉斯柯尔尼科夫杀阿廖娜有他的理由，杀一人救一百人，如果这个功利主义理论成立，那么多杀一人也无妨，杀两人救一百人，不违背他的理由的正当性。

但这里的问题出在人的生命被等同为冷冰冰的数字，他不知道这个被杀掉的"一"可以拯救别人，拯救索尼雅，从而最终拯救自己——人自身的价值无法用数字衡量，每个人都具有无限的潜能。

斯维德里加依洛夫眼中的妻子可以任由其宰割，是个被动的、失语的女性，但是继承了妻子的枪的杜尼雅向他显示，女性不仅有独立思想，也有反抗的力量。

而且，我们一定都发现了，这两个继承的物件本身就很意味深长，我们可以简化这其中的情节线索：

第三篇　异域之魅

索尼雅——十字架——救赎成功

杜尼雅——枪——救赎失败

为什么会有这种结果上的差异？

这里涉及作者陀思妥耶夫斯基自身的经历，他年轻时因为牵涉反对沙皇的革命活动而被捕，他被宣判死刑，但就在临刑的前一刻，突然被改判流放西伯利亚十年。这个戏剧化的、简直如儿戏一般的经历引起了陀思妥耶夫斯基的精神巨变。简单点说，老陀一直在"赚得"的人生中思索枪决和流放两种审判结果的不同意义。

《罪与罚》里的索尼雅某种程度上代表流放这种审判结果，后来拉斯柯尔尼科夫也被流放至西伯利亚。还不仅如此，索尼雅身上负有显著的宗教符号，我们已经从十字架里看到了，其实她还有一个重要的色彩象征，老陀一直提到她的绿头巾。如果大家搜索一下东正教的圣母形象，会发现绿头巾是这个形象的重要衣着特征，所以这里的索尼雅不仅是普通的虔诚教徒，也是俄罗斯的圣母形象。她得知拉斯柯尔尼科夫杀人后没有嫌弃他，反而给予其爱情，那么从象征意义上来说，她实际上向犯下原罪的拉斯柯尔尼科夫施予了恩惠。

然而杜尼雅则不同，杜尼雅独立，有着自己为人处事的原则，当她得知哥哥杀了丽扎韦塔后，她的第一反应是哥哥受人诬陷，所以她原谅哥哥的前提是哥哥遭到诬陷（而非杀人），并且她绝不会为杀了人的哥哥而牺牲自己，她也不会原谅毒死玛尔法的斯维德里加依洛夫。这就不难理解为何她面对杀人者斯维德里加依洛夫，掏出了从玛尔法那里得来的枪。

枪，联系差点让老陀送命的枪决，这是法的裁判物。

所以，老陀实际探索的是法与恩惠对罪的不同裁决。老陀自己的答案很明显，他倾向于恩惠而不是法，我们当然不需要同意，但这不妨碍我们经由他的视角理解为什么恩惠有着法无法替代的价值。

对于老陀而言，法是作用于肉体的审判，这个人犯罪，一枪打死他，但是他死的时候还是个坏人，并不一定反省自己的罪过；法还有一个问题，小说里拉斯柯尔尼科夫也

第三篇　异域之魅

有面对法的裁决，比如有代表法的警察波尔菲里，拉斯柯尔尼科夫每一次鼓起勇气想去警局自首，但是一面对警察的质询，他会直觉性地辩解，警察无法说服他承认自己的罪过。

但恩惠则直接作用于精神，有唤醒的作用。对于东正教而言，一方面人有原罪，另一方面人又是上帝按照自己的形象创造的，所以也有善良的天性，东正教看重用恩惠恢复被遮蔽的天性。

我似乎又说得玄乎了，我们还是举一个日常生活中通俗的事例。

比如说，某大学开学第一天，有个学生带了许多行李去报到，走来走去不方便，巧了，他看到一位老先生，他就请老先生帮忙照看行李。

但是这个学生报到完，又巧了，碰上初中同学，就去吃饭、聊天、玩耍，折腾到傍晚才想起行李还在老人家那里，于是去拿。老人还站在那里。

好，这个时候可能有这样两种结果：

文学经典怎么读

（1）老人责备这个年轻人，他说："年轻人，你怎么可以这样不懂道理，这么自私自利，不为别人考虑……"年轻人虽然心里知错，但一旦面对责骂，他会本能地顶嘴，比如心里会嘀咕："你这个老头子退了休又没什么事情做，我给你点事情做不好吗？"因为人总有理由为自己开脱。

（2）老人看到年轻人，一笑，说："哦，你回来啦，还顺利吗？喏，东西在这里，我回去了。"半句责备都没有。这时年轻人会感到内疚，并且以后都不会这么做了，因为老人的恩惠和宽容恢复了他的良知。

顺便说一句，后面这个故事版本好像是真实的，帮人看了一下午行李并且半句责备也没有的老人是季羡林先生。

在这个意义上，陀思妥耶夫斯基也不相信真理越辩越明，所以老陀有这样的名言："在上帝和真理两者之中，我选择上帝。"此处的"上帝"我们完全可以就其象征意味来理解，老陀本人也不完全是东正教的信徒（事实上，他一直挣扎于他的信仰），但对于本性纯良的人来说，恩惠足以让他重生。

第三篇　异域之魅

第11讲　和年轻的学生聊聊爱情：谈马尔克斯《霍乱时期的爱情》

我读中学的时候，根本无法想象能够在课堂上公开且严肃地讨论爱情，有一年，我们班上一个爱打小报告的女同学给班主任呈上一份"奏折"，为班里男女同学之间莫须有的罗曼史画了一张人物关系网，事情一传开，大家自然是骂那个同学"十三点"，但也人人自危，所幸最后不了了之，也再无人提起。

《霍乱时期的爱情》中弗洛伦蒂诺·阿里萨对费尔明娜·达萨一见钟情的那一年，弗诺伦蒂诺22岁，费尔明娜13岁；他是个卑微的电报员，她则是有钱人家的独生女。和我读中学的时候一样，爱情在费尔明娜的家里也是十足的禁忌，她的姑妈因协助他俩互传鱼雁，最终被费尔明娜的父亲关进了麻风病院。

我认为，虽然好的小说不专为年少的人而写，但年少的人读来定受益匪浅。我的学生正介于两人初遇的年龄之间，未来蒙着一层晓雾，美丽却朦胧，两位主人公的命运轨迹对他们来说好比迷雾中的灯塔，学生们渴望聆听这位

文学经典怎么读

1982年诺贝尔文学奖得主马尔克斯对于爱情的指教。这部小说是好的小说，在于文本的启示是多方面的。

一、罗曼蒂克的危机：欧洲现实主义文学的爱情传统

上大学时，一位新加坡同学问我，我们以为的爱情多大程度上是青春偶像剧"养成"的？我们以为送玫瑰是表达爱情，这是源自我们的内心，还是偶像剧的调教？抑或是商家的怂恿？他把我问倒了，但是我确实想起读书的时候，我们似乎期盼的都是轰轰烈烈、惊世骇俗的爱情，女生过生日时，男生会抱来一只半人高的泰迪熊，当着全班同学的面送给她；运动会结束，女生会给心仪的男生递上矿泉水，然后羞涩地用毛巾揩去他额头的汗，等待围观的同学爆出一声惊叹的"呦"。这是马尔克斯笔下所谓的浪漫爱情，也是言情小说和青春偶像剧喜欢大做文章的，然而，这种浪漫之爱似乎一开始就蕴藏着多重危机。

> ……弗洛伦蒂诺·阿里萨每天看着她们（费尔明娜和她的姑妈）来回经过四次，星期日还有一次看着她们望完大弥撒从教堂走出来的机会。只要能看见自己心爱的姑娘，他就心满意足了。慢慢地，他将她理想化了，把一些

第三篇　异域之魅

> 不可能的美德和想象中的情感全都归属于她。两个星期后，除了她，他已经什么都不想了……

浪漫爱情的发生首先在于将爱情对象浪漫化。法国作家司汤达写过一个故事，一位年轻的旅客对旅途中一位美丽的夫人产生了如痴如狂的感情，而这位夫人浑然不知，等到有人告诉她了，她才恍然大悟。可惜的是，她并不爱他，所以为了消除他的单相思，她带了一根小树枝给他。这不是普通的小树枝，而是矿工把掉了叶的树枝放到废盐井里，等过上几个月，树枝就结了一层晶莹剔透的盐分子晶体，这位夫人假装若无其事地说：

"你看，这树枝看起来像宝石那般珍贵，实际上只不过结了一层盐分子。"

司汤达认为，陷入爱情的人看到的彼此都是结晶的树枝。弗洛伦蒂诺和费尔明娜也不例外，他把她捧为自己的"花冠女神"，而她对他的了解实际上仅限于他是电报员和他会拉小提琴，却将他视作可以共享人生的"秘密情人"。命运的残酷就在于，短暂的激情（表演带给人的新鲜感）过后，树枝上的结晶体剥落，树枝就现出原来的模样。

文学经典怎么读

那年,费尔明娜17岁,她从父亲手中接过管理家务的大权,成为这家的女主人,她第一次独自去鱼龙混杂的市场上采买食物和日用品,第一次感受自己的成长和世界的五彩斑斓。

……突然,一个晴天霹雳将她定在了那里。在她背后,嘈杂之中一个唯有她能够听见的声音在她耳边响起:

"这可不是花冠女神该来的地方。"

她回过头,在距离自己的双眼两拃远的地方,她看见了他那冰冷的眼睛、青紫色的面庞和因爱情的恐惧而变得僵硬的双唇。他离她那么近,就像在子时弥撒躁动的人群中看到他的那次一样。但与那时不同,此刻她没有感到爱情的震撼,而是坠入了失望的深渊。在那一瞬间,她恍然大悟,原来自己对自己撒了一个弥天大谎。她惊慌地自问,怎么会如此残酷地让那样一个幻影在自己的心间占据了那么长时间。她只想出了一句话:"我的上帝啊!这个可怜的人!"弗洛伦蒂诺·阿里萨冲她笑了笑,试图对她说点什么,想跟她一起走,但她挥了挥手,把他从自己的生活中抹掉了——

"不,请别这样。"她对他说,"忘了吧。"

第三篇　异域之魅

我们常听到一种说法，叫"爱上爱情"，意思是爱上的不是对方，而是这个对方的存在给了你借口，让你可以付出和收获感情，而年轻时候的浪漫爱情都有一个特征，即需要众目睽睽的仪式感，或者说充满着表演性，陷入爱情的双方在不知疲觉地饰演着男女主角，以"吃瓜群众"的羡慕妒忌恨来肯定自己的演技。当费尔明娜的父亲一怒之下，用枪指着弗洛伦蒂诺的胸口，弗洛伦蒂诺没有半点畏惧，说："你朝我开枪吧。没有什么比为爱而死更光荣的了。"这多像一句话剧舞台上的台词！

荣膺 2011 年英国布克奖的小说《终结的感觉》前半部分记载的是主人公托尼的中学时光，有一次晨会，校长宣告了一条沉痛的消息，理科六年级的罗布森于前一个周末离开了人世。由于校方没有给出死因，校园里小道消息蔓延，说是罗布森弄大了女朋友的肚子，在阁楼上吊自杀，尸体两天后才被发现。

罗布森的死引起了托尼和他的死党的愤怒，愤怒源自嫉妒，他们嫉妒这个其貌不扬、默默无闻的同学竟然有女友，而且因为自杀而显得与众不同。借助这个视点看年轻时候的浪漫之爱——我们在反复加强的仪式感之中把自己也给浪漫化了，因为有爱的人，或是因为有人爱，自己得以成为旁人关注的焦点，成为特别的人，而我们很可能只是用爱情来遮掩自己平凡甚至平庸的事实。

二、对"浪漫之爱"的坚持：马尔克斯赋予的新意

如果按照上面分析的，浪漫之爱布满幻象和危机，那么《霍乱时期的爱情》应当又是一本诉说爱情残酷真相的书？但马尔克斯给出的结尾如童话般难以置信：半个多世纪之后，费尔明娜的丈夫乌尔比诺死于抓捕鹦鹉时的意外，就在次日，等待半生的弗洛伦蒂诺再次出现在她的面前，向她求婚。

我们都知道马尔克斯是魔幻现实主义的代表作家，因而合上书本，我们或许都疑心，这也是魔幻现实主义吧？无名无分的，谁可以爱另一个人长达半生？随着国内的"民国热"，金岳霖为林徽因终身不娶的段子时不时现于网络，成了中国版柏拉图爱情的佐证，然而事实却是，金岳霖先生早就有同居的美国女友秦丽莲。流言如此盛行，很可能是佐证了柏拉图爱情的稀罕或虚幻罢了。

第三篇　异域之魅

《霍乱时期的爱情》也绝非虚幻的柏拉图式的爱情，费尔明娜最终嫁给了当地最显要的贵族乌尔比诺医生，而发誓要为其守身的弗洛伦蒂诺在这半个多世纪中体验了形形色色的爱情，坐拥数以百计的秘密情人，最终他们相遇的时候彼此眼中的对方都是彻底褪去结晶体的树枝，老态龙钟，满脸皱纹。然而，年轻的学生一定有这样的困惑：在没有费尔明娜的五十多年里，如此花心甚至滥交的弗洛伦蒂诺怎么还有脸向费尔明娜宣称为她保留了童贞？

既然是文学的课堂，我们还是从文本中追踪作者留给我们的线索。书名叫《霍乱时期的爱情》，透露出这段爱情和这个特殊时期有密不可分的关系，那么我们直觉性地有一个疑问：书中的"霍乱"仅指霍乱这种疾病吗？

小说虽然以此为题，但读完书，我们没有留下任何重要人物罹患霍乱而死的印象，并且，早在乌尔比诺邂逅费尔明娜之前，叙事者明确告诉我们："尽管霍乱仍然是本城，而且几乎是整个加勒比沿海地区及马格达莱纳河流域的常见病，但并没有再度发展成瘟疫。"既然如此，为什么马尔克斯还把这个时期题作"霍乱时期"呢？

文学经典怎么读

我们在小说第五章的开篇不久得到这样的提示，乌尔比诺和妻子乘坐热气球为穷人空投物资供给。

> ……飞行机械师一直在透过望远镜观察地面，他对他们说："这里好像没有生命。"接着便把望远镜递给胡维纳尔·乌尔比诺医生。医生看到耕地上的牛车、从田野里穿过的铁轨和干涸的水渠，而目之所及，到处都有人的尸体。有人说，霍乱正在大沼泽的各个村庄里肆虐。医生一边应答，一边继续用望远镜四处眺望。
> "那可得是一种非常特殊的霍乱，"他说，"因为每个死者的后脑勺上都挨了仁慈的一枪。"

大家读出最后这句话里的反讽意味了吗？这里的霍乱到底指什么？是的，实际是暗指漫长持久的哥伦比亚内战，自作聪明的政府将人祸推给天灾，为自己免责。

也就是说，霍乱被用来遮蔽灾祸。为什么要用霍乱来遮掩呢？因为这些东西是禁忌，提不得。小说里还有什么东西提不得？爱情。爱情也被霍乱遮掩起来。弗洛伦蒂诺对费尔明娜一见钟情后，"腹泻，吐绿水，晕头转向，还常常突然昏厥"，他的相思病和霍乱具有同样的症状；费尔明

第三篇　异域之魅

娜和乌尔比诺医生的爱情源于一场误诊,"诊断的结果是,这只是一次食物引起的肠道感染,在家中治疗三日即可痊愈";小说尾声,年迈的费尔明娜和弗洛伦蒂诺登船旅行,弗洛伦蒂诺不想费尔明娜为世俗的眼光困扰,大胆向船长提议:"有没有可能做一次直航,既不载货,也不运送旅客,不在任何港口停靠,总之就是,途中什么都不做?"

> 于是,"新忠诚号"在第二天天蒙蒙亮时就起锚了。没有货物,也没有旅客,主桅杆上一面标志着霍乱的黄旗欢快地飘荡。

为什么不能大大方方地爱,要遮遮掩掩?马尔克斯曾在接受采访中提到,在加勒比海地区,爱情过去一直受到压制。然而即便到了今天,即便我们身处不同的文化,我们也可不费吹灰之力地理解小说里的爱情禁忌,因为爱情里有一种非理性的力量,会动摇既定的社会结构,包括经济、伦理道德等。

每一种文化都有诸如"门当户对"的提法。为什么?因为"门当户对"的婚姻可以保证家庭的财产不被"稀释"。然而自由的爱情很有可能会对整个家庭的经济和社地位构成威胁。小说中，费尔明娜的父亲是个不折不扣的"两面派"，他不惜对弗洛伦蒂诺掏出手枪，却主动表达希望再见到乌尔比诺的心愿，原因很简单，后者是当地的"钻石王老五"，殷实的家境可以保证女儿物质上的富足，可以保证自己多年打拼的基业不致被"穷小子"占了便宜。

而小说尾声，这艘承载两位老人爱情的船无法靠岸，也是因为世俗的偏见深重。先是费尔明娜的女儿认定老年人坠入爱河是为老不尊的表现，再是那条老年恋人私会被强盗活活打死的新闻，最后是船上费尔明娜遭遇朋友们质疑的神色：丈夫前脚刚刚离世，妻子后脚就愉快出游，真是冷酷无情……

因此，马尔克斯笔下这段在我们看来仍然很浪漫的爱情首先是和世俗偏见开战，年轻人的初恋一定不会开花结果？门第的悬殊无法跨越？老年人就不能重燃激情？爱情就不能维持半个世纪之久？

马尔克斯先回答"能"，爱情本就具有无限的可能，如果读得仔细，还可以看到马尔克斯在小说中把浪漫之爱建

第三篇 异域之魅

立成新的信仰。

小说里有既定的天主教信仰所代表的伦理价值，但马尔克斯绵里藏针地指出，这一信仰已沦为社会中上阶层粉饰自己地位的工具，费尔明娜的父亲将女儿送入教会学校，以此彰显自己财力雄厚；乌尔比诺一家遵守宗教教义，以此显示自己是贵族，有别于没文化的穷人。但粉饰之下，信徒的实际行为完全不符合天主的教诲，因费尔明娜和弗洛伦蒂诺互传情书而大动干戈的教会学校校长，却收受乌尔比诺的贿赂，在费尔明娜面前晃动着"一串坠有象牙雕刻的基督像的金念珠"，劝说后者接受这段姻缘。这个细节颇具讽刺含义，念珠本是信仰的象征符号，却又是"象牙"，又是"金"，已为世俗文化所浸淫，表面行教义，实际中饱私囊。乌尔比诺也是如此，他说自己将灵魂与身体都交给了"全能的上帝"，他一生中只错过三次礼拜日弥撒，其中就有一次，他去领取了林奇小姐的肉体。

在垮塌的旧信仰体系上，新的信仰体系冉冉升起。要让这份绵延五十多年的浪漫之爱得以实现，一个重要的前提是弗洛伦蒂诺必须活过乌尔比诺，而乌尔比诺恰好死在了圣神降临节。而这一爱的信仰也有着他们的圣人，弗洛伦蒂诺用"传教士体位"把"拿撒勒的寡妇"（拿撒勒是耶稣的故乡）从层层的黑纱、忏悔服中释放出来，后者对他说"谢谢你，把我变成了娼妇"；他编写《恋人指南》；还有他和费尔明娜命中注定的相遇，马尔克斯如此描述：

……到了圣诞夜，这个问题依然没有得到解决，直至她感觉到他正在子时弥撒的人群中凝视着她。她浑身战栗，紧张得心都要跳出来了。她不敢回头，因为她坐在父亲和姑妈之间。她必须极力克制自己，以免让他们察觉出她的慌乱。但当人们在一片混乱之中走出教堂时，她感到他和她的距离是如此之近，他的身影在躁动的人群中显得那般清晰，就在她迈出正殿时，一股不可抗拒的力量迫使她回过头，从肩膀上方望去。于是，在距离自己的双眼两拃远的地方，她看见了他那冰冷的眼睛、青紫色的面庞和因爱情的恐惧而变得僵硬的双唇。她被自己的胆大吓得魂不附体，一把抓住埃斯科拉斯蒂卡姑妈的手臂才没有摔倒。透过女孩的蕾丝无指手套，姑妈感觉到她冷汗涔涔，于是用一个不被人察觉的暗号安慰了她，向她表示自己无

第三篇　异域之魅

> 条件的支持。在举国上下一片爆竹和鼓乐声中，在家家门口悬挂的彩灯灯光中，在渴望平安的人群的欢呼声中，弗洛伦蒂诺·阿里萨像个梦游者般徘徊到天亮。他透过泪眼打量着眼前的节日景象，被幻觉弄得精神恍惚，仿佛那一夜降生的不是上帝，而是他自己。

读到最末一句，有心的读者或许已经洞悉了马尔克斯的用意，再加上文中还有一个重要细节，从那一刻起，费尔明娜在弗洛伦蒂诺眼中就像一位"头顶王冠的女神"——弗洛伦蒂诺的"花冠女神"。这些埋藏的符号正在替换天主信仰，在爱的信仰里，费尔明娜就是圣母，因为遇见她，弗洛伦蒂诺这位圣子诞生在平安夜，《恋人指南》就是他的教谕，他还身体力行，用这一信仰"拯救"被伦理捆绑的信徒。

有了这一层建构，小说结尾的那艘永不靠岸的船也具有了别样的深意。航行刚开始时，马格达莱纳河简直是一派末日景象，雨林毁于乱砍滥伐，动物被猎人赶尽杀绝，河流上漂满肿胀的尸体，而当他们决定扬起霍乱的黄旗，让这艘船永远行驶在海上之后，

> ……她（费尔明娜）发现玫瑰花比从前更香，鸟儿黎明时的歌声也更动听了。她还发现，上帝又造了一头海牛，把它放到了塔玛拉美克的河滩上，目的就是把她唤醒。船长也听到了海牛的叫声，命令改变航向。于是，他们看见了这个体形巨大、刚刚分娩的母亲，它正把幼子抱在怀中喂奶……

末日景象，永不靠岸的船，船上的人成双成对（船长在纳雷港把老情人接上船），这艘船最终拯救了行将灭绝的动物……这一切似曾相识的细节都不得不使人联想到《圣经·创世记》中的挪亚方舟。是爱的信仰复活了生命，因此，船长眼中的两位老人似乎也显露出返老还童的迹象：

> 船长看了看费尔明娜·达萨，在她睫毛上看到初霜的闪光。然后，他又看了看弗洛伦蒂诺·阿里萨，看到的是他那不可战胜的决心和勇敢无畏的爱。这份迟来的顿悟使他吓了一跳，原来是生命，而非死亡，才是没有止境的。
>
> "见鬼，那您认为我们这样来来回回地究竟走到什么时候？"他问。

第三篇　异域之魅

> 在五十三年七个月零十一天以来的日日夜夜，弗洛伦蒂诺·阿里萨一直都准备好了答案。
> "一生一世。"他说。

三、大团圆结局的暗讽：两种相悖的解读

我们知晓了这浪漫之爱有瓦解世俗偏见的力量，也可以给因为伦理道德的束缚而死气沉沉的社会带去欢乐的生命气息，然而我们还是没有回答这一讲最初提出的疑问：弗洛伦蒂诺哪有脸向费尔明娜宣称他的爱情始终如一？

疑问还不止这一点，如果说，马尔克斯要用这段两位老人半个世纪后走到一起的大团圆结局来对抗世俗偏见，我们会看到有一些偏见已经不成立了，比如说，弗洛伦蒂诺早已不是当初那个穷小子了，他现在是船运公司的老板，和费尔明娜同属一个社会阶层，而且，他拥有如此多的秘密情人并不为人所知，所以，他的社会形象还算是"清白"。

钱理群先生的《与鲁迅相遇》中谈到鲁迅对于"大团圆结局"的一个看法：中国的才子佳人小说开头总是才子

在壁上题诗，佳人来和诗，于是即有终身之约。"私订终身"在诗和戏曲或小说里，固然"不失为美谈"，但在现实中，特别是在传统社会里，是绝对"不容于天下的，仍然免不了要离异"。但中国的作家却有办法，便是"闭上眼睛"，自欺欺人地编上一个"才子及第，奉旨完婚"的结局，这样，现实生活中的悲剧就变成小说里的大团圆……于是无问题、无缺陷、无不平，也就无解决、无改革、无反抗。

如果马尔克斯重视浪漫爱情的颠覆性，那么他为弗洛伦蒂诺加上"社会地位提升"这个前提，不是也使得这段爱情落入了某种世俗偏见吗？

还有一点，我不知道大家读弗洛伦蒂诺的"情史"时有没有不适，但作为一个自以为非常宽容的人，我虽然愿从象征层面上接受他是代表着爱的信仰的圣人，但是他的某些行为确实突破了最宽松的道德底线。比如说，他最后的情人，阿美利加，十四岁，还是学校的学生，因为他的抛弃而自杀身亡；又如，他昔日的情人，养鸽女，因为和他的婚外情而被丈夫活活砍死。而这些情人的死亡，似乎

第三篇　异域之魅

未曾激起他任何道德上的自谴，我们或许可以接受浪漫之爱对教条和僵化的伦理的挑战，然而这种挑战是否应当具有一定的限度，而非走向彻底的"不道德"？

如果你和我一样有这些疑问，那就太好了。读书的真正意义不是"信书"，而是"起疑"，这也是批判性思维的缘起，那么我们带着这些疑问，看看是否有其他方式来诠释这部作品。

我们还是从文学着手，小说有两个男主人公，乌尔比诺和弗洛伦蒂诺。对于乌尔比诺，我们不难得到一个比较确切的判断，这个人表里不一，近于"伪君子"。马尔克斯是用一种带着反讽笔调的叙事话语来呈现这一点的。乌尔比诺的职业是医生，一方面，叙事者说他对阻止霍乱的流行贡献很大，另一方面，叙事者又交代他的马车从来不会停留在贫民区；虽然哥伦比亚已经独立，但他仍用殖民时期宗主国的文化来彰显自己高人一等，粉饰自己的贵族地位。举个大家一定都有印象的细节，乌尔比诺教鹦鹉说法语，还用拉丁语给它读《圣经》等篇章，并教它唱歌剧。马尔克斯对乌尔比诺的批判意思也很清晰，因为最后就是这只"聪明"的鹦鹉间接导致了他的死亡。

然而,对于弗洛伦蒂诺,传统的观点都认为马尔克斯对这个人是颇为赞赏的,而这种态度也直接影响我们如何看待马尔克斯对浪漫爱情的褒贬。我们先抛开从文本分析得到的结论,重新看这个人物,看马尔克斯在呈现这个人物的时候,有没有显示出与乌尔比诺的相似之处?

现执教于美国霍巴特和威廉姆史密斯学院的克劳迪特·肯佩尔教授在《消退的回声和褪色的回想——谈〈霍乱时期的爱情〉中的爱与公义》一文中指出:如果乌尔比诺的人生显示出的关键特征是"模仿"("模仿"欧洲贵族的风范,鹦鹉本身也是"模仿"的象征),弗洛伦蒂诺同样呈现出这一特征。

没有这篇文章的细致分析,我们粗读小说很难发现这里边的玄机。我们都知道弗洛伦蒂诺喜欢诗歌,也写诗歌,其实马尔克斯在塑造这个人物的时候,将他和很多大诗人之间建立了有趣的关联。他对费尔明娜长达半生(或是一生)的执着爱情很容易令人联想起两位文艺复兴时期的大诗人的爱情:彼特拉克对劳伦的爱和但丁对贝雅特丽奇的

第三篇 异域之魅

爱。书中提到他的穿着是在模仿秘鲁诗人巴列霍。而他在船上被提着鸟笼的女人夺走童贞的桥段和智利著名诗人聂鲁达的人生经历是重合的,聂鲁达14岁那年出门去邻村帮忙收麦子,夜晚睡在麦秸堆里,有个粗壮的农妇夺走了他的童贞,他不知道对方是谁,只是在第二天,有个美丽的女人对他微笑,那微笑似乎意味深长,而弗洛伦蒂诺的艳情无数似乎也蕴含着这位大诗人真实人生的回响。

然而,在现实中,弗洛伦蒂诺写的诗非常糟糕,他参加诗歌比赛,名落孙山;叙事者的暗讽还出现在他第一次投递情书的时候,一坨鸟屎不偏不倚地落在他的情书上。

"模仿"背后的另一个主题是假象。也就是说,弗洛伦蒂诺用诗人的形象营造出来一个浪漫的假象,以遮掩他"不道德"的真实——从这个角度看,弗洛伦蒂诺和乌尔比诺一样,都近于"伪君子"。

肯佩尔教授从社会公义的角度看待这两个男主角,乌尔比诺享受着他的贵族头衔,领受着医生这个职业的荣耀,但实际上对病入膏肓的哥伦比亚社会(肯佩尔教授认为,"霍乱"也是指这个社会罹患恶疾)没有切实的贡献;弗洛

文学经典怎么读

伦蒂诺从一介草民晋升成船运公司的老板,他怎么可能不知道河道的污染情况已经到了令人发指的地步?或者,这个老板的身份本来也有"虚伪话语"的存在,他完全是依赖"背后的女人"莱昂纳的智慧,他自己根本不懂得如何运作公司。肯佩尔教授还抓到费尔明娜的痛脚,乌尔比诺死后,她扔掉乌尔比诺的衣服,一边扔,一边喃喃自语:"这真是罪孽,还有这么多人吃不饱,我却在扔东西。"

因此,肯佩尔教授认为,这个小说实际上有两个结构。表面上,是在赞颂弗洛伦蒂诺和费尔明娜的爱情最终冲破了世俗的成见,开花结果;但深层上,是在批评这三个人竟然能够在如此动荡不安的时局下,自私地享受着优越的社会地位,在浪漫爱情的遮掩下不问世事,麻木不仁。这也符合我们之前对这个大团圆结局的疑问,两位老人最后的爱情不还是落入俗套了吗?或者问题不仅仅在于落入俗套,还在于如果爱情最终不是让天生以自我为中心的人学会爱上自我以外的人(一个无血缘的陌生人),进而爱上自我以外的社会周遭,并且承担成年人应当承担的责任,相反地,让两个人追求仅仅属于两人的幸福,将自我封闭起来,"逃避"社会责任,这样的爱情并不具备对社会既有成

第三篇　异域之魅

规的反抗意味。

甚至，我们还可以循着这个思路往下思考，马尔克斯在这里似乎设了一个圈套，如果作为读者的我们也陶醉于小说最后的大团圆结局，似乎我们也在某种程度上成了缺乏社会责任感的冷漠的人。

这个解读不仅大胆，而且离经叛道，具有将我们之前建构起来的一切统统瓦解的恐怖力量。而且，从各种马尔克斯关于这部作品的访谈中，丝毫无法找到肯定这一深层结构存在的证据。不过，后面这点也不重要，作品完成，作者已死（而今，作者也是真的已经驾鹤西去了），一切以作品为理据，如果作品呈现出了，那么即便作者说了什么相反的话语，也不用过多理会。

我在课堂上和学生们分享了这个诠释观点，和我刚看到这篇文章时一样，他们也被震惊了，面对彼此矛盾的结论，他们无从措手。我告诉他们，如今有不同的解读是件好事，证明这个文本还存在很多值得探寻的空间，也证明我们每个人的阅读都具有独特的意义。你们可以看你们所得到的理据支持你走向哪个结论，或者走向一个新的结论，

文学经典怎么读

现在，是真正考验你们批判性思维的时候。

文本不存在单一的解读，这就是为何我们随着个人阅历的增加，每次重读经典都能读出新的意味。但不知大家有没有发现，在对爱情的理解上，前后两种得出相反结论的文学诠释却并不矛盾，爱情的意义都在于走出狭小的自我，去拥抱更宽广的世界，同时也是在向既有偏见说"不"时确立自我。当然，爱情有很多形式，不存在单一的"真理"，但是至少我个人相信，好的爱情会让人成为更好的自己，我也以此来结束这场有关爱情的聊天。

文学经典怎么读
从IB中文到批判性阅读

第四篇

跨媒介解读的尝试

第12讲　小说和电影的审美差异：谈两个《色，戒》

对于《色，戒》，其实是有一个比较传统、比较通俗意义上的理解的。一个女特务被安排以美人计色诱汉奸，然后好安排杀手杀他，为抗日略尽绵力，但不料女特务和汉奸之间生出了感情，在最后关头，女特务放走了汉奸，连累相关的抗日学生都遭受极刑。

我说的比较传统、比较通俗意义上的理解是从时代背景、意识形态来对人物做出价值判断。譬如我跟朋友说我准备讲《色，戒》，我朋友就顺口评价了一下王佳芝：不堪大用的地下党、为情买单的任性女、优柔寡断的牺牲品。这个朋友原先是公安系统的，当然有他的思维模式，但其实很多人初读《色，戒》都是这么个感受，女人太感性，耽误了家国大事。可是，反过来看，是不是我们对王佳芝的要求太高了？

她不是什么地下党，她就是个学生，在张爱玲的原著中，重庆方面从来没有将他们收编，即便在李安的电影版本中，重庆方面的接头人老吴这个角色也十分可疑（我们稍后会讨论这个问题），这些话加在她头上是不是过重了？

第四篇 跨媒介解读的尝试

珍·雅各有本书《美国大都市的生与死》，讲反法西斯战争胜利后，面对纳粹留下来的建筑，美国出现了到底要不要拆除的争论。当时的声音是，既然是纳粹留下来的，就要拆除。但是有一位建筑师，也是这本书的作者说了一句话，如果我们出于某种意识形态就把这些建筑拆除，那么我们和纳粹没有区别。

在某种意义上，看待文本也是如此，不要出于意识形态看文本，我尊重王尔德的教导，书没有道德或不道德，书仅有写得好与写得不好的区分，仅此而已。

这是一个重读《色，戒》的前提。

一、向内的写作：张爱玲因何写《色，戒》？

众所周知，这个故事是有原型的——郑苹如和丁默邨的故事，引发我兴趣的是这个原型故事在多大程度上被小说借用。

当时比较接近历史真相的版本大致如下：

郑苹如与丁默邨同车返回，路过静安寺路的一家皮草

文学经典怎么读

店，郑苹如给丁默邨发了个嗲，要他买一件皮草大衣给自己，两人便下车进了皮草店。丁默邨警惕心很高，他瞥见橱窗外有几个形迹可疑的人，便在柜台上放下一沓钞票，要郑苹如自己慢慢选，先行回到车里。等中统特工反应过来，再开枪，车已经开了，子弹只打到车上。

那一天，丁默邨已经确定郑苹如就是一名特工，但他没有立即行动，怀着将其"私有化"的欲念又约她来见面，郑苹如便以为丁默邨已对自己神魂颠倒，于是揣着一把微型手枪赴约，准备将其杀害。但不料与丁默邨有嫌隙的李士群早就伺机要给丁默邨下套，于是郑苹如一踏进76号，便逮捕她，之后将其枪杀。郑苹如被枪杀时年仅23岁。

这个版本之后之所以会成为当时沪上小报的花边新闻，在于郑苹如受审时的自我辩护，她坚称自己不是重庆的人，而是因为丁默邨与她相好后又移情别恋，她恼羞成怒，便找人来枪杀他。

这不一定是事实的全部，当时已有张爱玲小说的那个流言版本，而张爱玲显然应该在当年的报纸上读到过这个

第四篇　跨媒介解读的尝试

更接近于事实的版本，但她没有采取。这里有几点值得注意的对原型故事的大颠覆。

在原型故事中：

（1）刺杀失败是丁默邨发现外面有形迹可疑的人；

（2）郑苹如执着于刺杀行动；

（3）与桃色新闻唯一的关系是，郑苹如最后的矢口否认，从报道版本看郑苹如的目的是不想事败连累自己的家人（不承认自己是特务）。

而在张爱玲的小说版本中：

（1）刺杀失败源于王佳芝叫易先生"快走"；

（2）王佳芝没有表现出任何后悔或惋惜；

（3）小说中种种暗示王佳芝和易先生之间有感情。

我们再看小说主人公王佳芝这个人，几乎完全与郑苹如不同。

我们都知道郑苹如是民国名媛，父亲是国民党元老，母亲是日本有名的大家闺秀，郑苹如19岁就登上《良友》

文学经典怎么读

杂志封面，在交际场上更是颠倒众生。

据说日本首相之子近卫文隆一度拜倒在她的石榴裙下，甚至被郑苹如软禁，郑苹如意欲以此要挟日本方面，后被重庆方面要求将其释放。也说她有一个做飞行员的未婚夫，十分恩爱。

这样一个倾国倾城的女子到了《色，戒》里，变成什么样了？

> 那，难道她有点爱上了老易？她不信，但是也无法斩钉截铁地说不是，因为没恋爱过，不知道怎么样就算是爱上了。

张爱玲斩钉截铁地说她没恋爱过。虽然之后有辩解说，她十五六岁就被人追，忙着抵挡攻势，很难坠入爱河，但仍然可疑，到底是谁没有恋爱过？

如果大家读过《小团圆》的话，这个答案不难揭晓，是张爱玲自己，她在遇见胡兰成之前没有恋爱过。

至此，这个文本提供给我们一个入口，与其说这是写

第四篇　跨媒介解读的尝试

郑苹如与丁默邨的故事，不如说是写张爱玲对胡兰成的态度。

郜元宝老师在其大作《都是辩解——〈色，戒〉和〈我在霞村的时候〉》中，提出张爱玲写《色，戒》意在了断与胡兰成的关系，我非常赞同，他说得太精彩了，兹摘录如下：

> 《色，戒》1978 年在台湾发表，但据说 1953 年即已执笔，一改再改，如果不是其时胡兰成在台湾出丑而牵连到她，使她不得不以一种适当的方式予以撇清，也许还不会这么早就拿出来吧？中间多少机关算尽，外人无从知晓，但她想借此对过去做一个总辩解的心，读者还是不难感受到。
>
> 张爱玲写《色，戒》的困难在于既要有所"化妆"（否则就不是小说，也太显得急于辩解了），又要将她和胡兰成的事摆进去（否则失去发表的目的），但更重要的，还是要在这中间形成必要的反讽，让自己取得一个进退自如的地位。
>
> "化妆"的地方大致有：（1）王佳芝是"岭南大学"而

文学经典怎么读

非"香港大学"的学生，这就和张爱玲20世纪40年代初在香港大学就读的经历撇清；(2)王佳芝是广东人而并非上海人，小说特别指出她和邝裕民通电话时用的是"乡音"(粤语)，这就和张爱玲自己的上海籍划清界限；(3)易先生的原型是丁默邨，标准的特务，而胡兰成是搞宣传的，王、易的关系在外壳上脱胎于1939年郑苹如诱杀丁默邨的"本事"，这就又与张胡恋撇清了。(4)张英文极好，而小说中王佳芝和讲英语的珠宝店老板之间竟然"言语不太通"，在上海话/广东话之外，作者再次借用语言的识别标志将自己与王佳芝区别开来。

但更多的还是直陈事实。(1)易先生家里挂着"土黄厚呢窗帘——周佛海家里有，所以他们也有"。张爱玲结识胡兰成之前，曾陪苏青一道拜访过周佛海，为当时不满受冷遇而倡言"弭兵"因此被汪伪政府羁押的胡兰成说项——或许她真的在周家见过那种窗帘。(2)小说中周佛海和易先生芥蒂颇深，胡兰成属于追随汪精卫的"公馆派"，也与周佛海不甚相得。(3)易先在香港发迹，胡也是先在香港写政论而为汪精卫所欣赏，加意栽培，并引入南京伪政府的；张爱玲在香港读书的时间不与胡重叠，但他

第四篇 跨媒介解读的尝试

们1944年至1945年热恋时必然谈过这一层空间的因缘。(4) 胡、易都频繁往来于南京/上海之间。(5) 易是武夫，却"绅士派"，这只有理解为胡的影子才合理。(6) 胡、易都有本事在危急颓败之际攻取芳心。(7) 王佳芝在珠宝店放跑易，仍不放心，直到确认"地下工作者"没有开枪，才"定了神"，这种牵挂，符合张在胡潜伏浙闽两地而又几乎恩断情绝时仍然多方接济的事实。(8) 易和胡一样都风流自赏，可一旦女人没有利用价值或有所妨碍，也都能毫不留情，或弃或杀。

有了这一前提，郜元宝老师也梳理了其中"隐含作者"对易先生的态度，或影射张对胡，兹摘录其中两例：

(1) "他的侧影迎着台灯，目光下视，歇落在瘦瘦的面颊上，在她看来是一种温柔怜惜的神气"。(《色，戒》)

问题就出在"在她看来"，这是一种有意的撇清，王佳芝以为易先生爱她，但"隐含作者"显然是抽离的。

(2) "他们那伙人里只有一个重庆特务，给他逃走了，是此役唯一的缺憾"，言下之意，捕杀王佳芝并非易的"缺

文学经典怎么读

憾"。(郜元宝)

这两段易先生的心理也颇能令人联系起胡兰成的腔调:

> 她临终一定恨他。不过"无毒不丈夫"。不是这样的男子汉,她也不会爱他。
>
> ……他觉得她的影子会永远依傍他,安慰他。虽然她恨他,她最后对他的感情强烈到是什么感情都不相干了,只是有感情。他们是原始的猎人与猎物的关系,虎与伥的关系,最终极的占有。她这才生是他的人,死是他的鬼。

这其中充斥着一个男人的自恋、自大、自私,即便王佳芝死了,也摆脱不了被其占有的事实。

可以再看看胡兰成做了什么。

1972年,胡兰成随华侨团访台,系其战后首次赴台;1974年,赴台,任"文化学院"教授;1976年7月,《今生今世》删节版在台湾出版。

这其中和之后胡兰成一直借着当年与上海名作家张爱玲的恋爱往事为自己增色,甚至消费这段私事,以致张爱

第四篇　跨媒介解读的尝试

玲后来呼其为"无赖人"。

在这个胡兰成频频造访台湾并频频以张爱玲标榜自己的时段，《色，戒》1978年发表在台湾《中国时报》副刊上这一行为也就不难理解，是张爱玲对这段孽缘的了断，她写的不过是一个男人对一个女人的薄情寡义，自私虚伪。

二、向外的改编：李安缘何改《色，戒》？

在正式分析李安改编的电影版本前，可以先窥探李安对这个小说文本的理解，他是将其理解为郑苹如和丁默邨的历史事件版本呢，还是看到了张爱玲对胡兰成的决绝态度？

答案很显然是后者。

方才引述的郜元宝评论文中张爱玲的几处"化妆"被李安有心地改回去了，比如他让王佳芝开口讲上海话，王佳芝是从上海去香港的（与张爱玲的经历相似），又比如原文中王佳芝英语不好，因而与珠宝店老板的沟通不畅也没有了，她英语没有问题，一如张爱玲。

再者，李安在台湾金马奖论坛接受闻天祥的采访中提到

文学经典怎么读

了《色，戒》原文中的一个细节，张爱玲写易先生"鼠相""主贵"。而胡兰成国字脸，相貌堂堂，绝对没有"鼠相"，表面上看是一种撇清，但李安这么解读——他觉得这是张爱玲在讥讽胡兰成"胆小如鼠"，可见李安目光之犀利。

言归正传，张爱玲的原文不长，我们来看李安对哪些部分进行了充实和强化。

（1）赖秀金

这个角色在小说中只做了两件事：一是告诉王佳芝，这些男同学中只有梁润生有性经验；二是在行刺那天，她和另一个杀手一起假扮情侣看橱窗里的衣服。

但这个角色到电影中发生过一些重要转变，最重要的转变是，她从电影一开始就表现出对邝裕民的爱慕，甚至已经认定将来要嫁给后者（她第一次和王佳芝谈到邝裕民时，说"只是想到将来什么都要听他的"）。这一改动，使得她的很多话都显得话里有话。

电影开始不久，有这样一个场景：抗日部队高唱军歌奔赴前线，赖秀金和王佳芝作为一同赴港避难的女大学生

第四篇 跨媒介解读的尝试

坐在卡车上,赖秀金对抗日战士们大喊道:"打胜仗回来就嫁给你!"

她的同学说,她不该这么说,赖秀金则回应:"我又没说是我。"

这里出现了两个很重要的关键词:一是欺骗,二是不担责。如联系之后赖秀金哄骗王佳芝接受梁润生的性启蒙,表面上是为了以美人计杀汉奸,其实不过是为斩断邝裕民爱上王佳芝的后路,以保证自己能够嫁给邝裕民。

(2) 重庆方面的头目:老吴

这个角色也在电影中被大大充实,有这样几件事是原文中没有的:

第一,当邝裕民重新找到王佳芝,带她到老吴这里继续之前没有完成的任务,王佳芝没有异议,只向老吴提了两个要求:一是拿出一封信,托他看完寄给王佳芝在英国的父亲;二是希望任务完成后,能够帮助她离开这里。但是王佳芝前脚一走,老吴后脚就把信烧毁了。

第二，王佳芝后来在与易先生的感情中越陷越深，精神几近崩溃，她希望老吴尽快完成任务，但老吴却因为之前的特工线索中断，要求王佳芝为他套取情报。王佳芝袒露自己已承受不住，说了好些露骨的话，老吴无法应付，索性一走了之。

此处我们得到一个很重要的暗示，这个老吴和赖秀金欺骗抗日战士"打胜仗回来就嫁给你"一样，开了空头支票，承诺说会送王佳芝去英国，实际上他根本从未想过兑现诺言，而且电影的最后，老吴成功地逃脱了，从另一个角度看，他没有为此事、为死去的爱国学生承担责任。

（3）邝裕民

这个人物不用多说，他的幼稚、天真、道貌岸然其实每个观众都看得非常清楚。之前的爱国话剧和之后的暗杀行动，他都是"总导演"，他也对王佳芝做出承诺，说自己不会让她受伤害，但事实上，所有一切都源于他的一腔热血，但他无法担负任何责任。

第四篇　跨媒介解读的尝试

（4）王佳芝的父亲和舅妈

这是李安的一个加法，他给王佳芝添加了一段身世，说王佳芝的父亲带着弟弟去英国了，她的父亲在她母亲过世时说要带她去英国，但后来打仗就没有再提。事实上，我们看到两个事件都表明她父亲不会兑现承诺：一是王佳芝收到她父亲再婚的信件，家里有了后母，连她弟弟的地位都难以保证，更何况她？二是之后父亲写信，说无法负担她去英国的费用。

还有舅妈，戏份不多，但那句台词很重要，她把王佳芝父亲留给女儿的房子卖了，所以她说："我答应，让她把书念完，我是讲信用的人。"

这句话很有几分上海人的精明和反讽，这里的"讲信用"有着很浓重的"反讽"意味，表面上自我标榜是"好人"，但实际是为恶行找到了体面的借口。无论舅妈是否真的要兑现这个承诺，之后王佳芝从这个摆明希望她离开的"家"里搬出去了，而且最终也没有"把书念完"。

另外再提一句，这里也似乎有李安在把张爱玲的"化

文学经典怎么读

妆"卸掉的意味,离开父亲和弟弟的家,父亲再婚,电影里虽然有个舅母,但因为金钱,已经使那本来就淡薄的亲缘几乎断绝,这容易使人联想到实际生活中张爱玲逃到母亲和姑姑的家后,因为她的学业和母亲关系紧张,她说,金钱一点一点地毁掉了她和母亲之间的爱。

于是,整部电影里,王佳芝孤苦无依(她在上海的舅母卖掉她父亲留给她的房子;在她为民族大义和梁润生发生关系后,那些学生疏远她,甚至对她产生敌意),可以说,整部影片中,在王佳芝的眼里,唯一一个对她怀有真感情的其实就是易先生。

这里首先就有了对所谓意识形态的颠覆性,也就是说,我们似乎看到李安个人对这段抗日刺杀过程的解读:那些嘴上挂着抗日口号的"爱国人士",实际上才是最冠冕堂皇的骗子,他们联手欺骗了一个女大学生(王佳芝)的纯洁和生命。

我们再来看王佳芝眼中唯一动了真情的人——易先生。李安对他的改动不多,但改动效果着实惊人。有这样几个场景值得拿出来探讨:

第四篇 跨媒介解读的尝试

（1）日本会馆那一段，王佳芝卧倒在易先生怀里，说易想让她做他的妓女。易突然动情地说："其实，我比你更懂得如何做娼妓！"于是王佳芝便给他唱了一曲《天涯歌女》，使他流了泪。

我们可以看这曲《天涯歌女》的唱词：

> 天涯呀海角
> 觅呀觅知音
> 小妹妹唱歌郎奏琴
> 郎呀咱们俩是一条心
> 哎呀哎哎呀
> 郎呀咱们俩是一条心
>
> 家山呀北望
> 泪呀泪沾襟
> 小妹妹想郎直到今
> 郎呀患难之交恩爱深
> 哎呀哎哎呀
> 郎呀患难之交恩爱深

文学经典怎么读

> 人生呀谁不
> 惜呀惜青春
> 小妹似线郎似针
> 郎呀穿在一起不离分
> 哎呀哎哎呀
> 郎呀穿在一起不离分

电影中，李安让王佳芝唱足了三段，而且每一段终了都推一个镜头聚焦易先生的反应。每一段其实都有对这段情的推进。第一段里是"知音"，也就是说两人并非纯粹情欲上的关系。第二段易先生的表情动容了，因为很少有人对他这种人提"家山"二字。我们知道易先生身边的情人很多，也知道老吴还在他身边安插过两个受过专业特工训练的女特务，都被他发现了，可以推想，那两个女人或许不可能对易先生提"家山"，就算提了也不可能不流露出对他这种汉奸身份的憎恶，这是专业特工训练反复给她们灌输"忠诚"信念的必然后果，也可以说是对于"家山"的正统思想让她们愿意付出生命来接受这一任务。但王佳芝不同，她是个平凡的小女人，我们有理由相信，她的爱更多源于个人而非民族大业。譬如她最初加入爱国话剧和刺

第四篇　跨媒介解读的尝试

杀事件是基于她对邝裕民的好感，而她二度接受刺杀任务很有可能是为了能够在任务结束后去英国，因为她知道在舅妈的家待不下去。这里的唱词也没有所谓的"家国情怀"，而是一个小女子想到因为战争不能和爱人安稳过日子的悲伤，是这种凡人的爱里带有的感情感动了易先生（因为他身边尽是看到他的"政治身份"或巴结他或算计他或憎恶他的人，他很难有机会被视为一个普通的男人）。第三段唱词，则是既然因为时局动荡，就更渴望朝朝暮暮。

因此，我们看到两人的相互理解，易先生渴望被人知晓他的身不由己，王佳芝唱出歌女的身不由己，回应了他的那句"我比你更懂得如何做一个娼妓"。（这是一种颠覆，突破了从民族大义角度出发对汉奸固有的非黑即白的传统认识。这种颠覆已经在黑帮电影中为我们所接受，譬如《教父》三部曲，用美国价值观对教父的重新塑造让我们对黑手党改变了看法，但这种重塑是否能在汉奸身上实现，可能我们中的大多数人尚无法接受。）王佳芝懂他，所以这一幕之后易先生彻底不把她看成是一个纯粹的发泄肉欲的对象。

(2) 李安对"快走"这句话出口之前的处理：

王佳芝戴上戒指，然后想摘下来，易先生说"戴着"；

王佳芝又说"不想戴这么贵重的东西在街上走"，易先生说的是"你和我在一起"。

显然，从这两句话中，王佳芝得到了一个讯息，这个男人对她是有真感情的，所以她回应了，她不要他死。

(3) 结尾的处理也有心思，有这样几点：

其一，王佳芝坐上黄包车，黄包车夫问她要去哪里，她回答说是"福开森路"，我们知道这是她和易先生的爱巢，封锁期间，她取出缝在领口的毒药，看了一眼，但没有服食。黄包车夫还问她，是回家吗？她说是的。

这个改动被郜元宝斥为"全无常识"，但我不这么看。我们联系下一个细节就能明白李安的用意了。

其二，王佳芝临刑前把戒指还给易先生，易先生说了句"这不是我的"，而后易先生枯坐在床头，热泪盈眶。

第四篇 跨媒介解读的尝试

这两个桥段从两人的角度可以分别得出不同的结论。王佳芝那方面，她用归还戒指的行为表明她是爱易先生的，易的秘书对易说那句"您的戒指"很可能基于王佳芝受审讯时说"这个戒指是易先生的"。易先生有那么多女人，别的女人和他在一起，都是图他的钱，而王佳芝表明，她不要他的钱（公寓是家而非房子，戒指还给你，我不要），也就是说，她爱他这个人，而非贪图他的财富。

而从易先生那边，因为买戒指的事件发生在《天涯歌女》之后，也就是易先生回应王佳芝最后的唱词"郎呀穿在一起不离分"，戒指是不离分的约定，易先生那句直觉的"这不是我的"，暗示他对王的感情绝非那种寻常的花花公子似的始乱终弃——他给出承诺时是认真的。

这样就可以理解易先生为何说完那句"这不是我的"之后，久久坐在王佳芝曾经睡过的床上，听着十点的钟声，知道她已经不在，知道自己最后也撕毁了约定，知道自己身不由己，眼泪盘踞在眼眶里。

在李安的电影中，两人的关系从情欲开始，最后生出了爱。

这个处理，李安有故意抹去张对胡的"私恨"，也有李安自己的情结：被束缚和压制的情欲。《卧虎藏龙》《断背山》和《色·戒》分别上映于2000、2005和2007年，除了2003年接拍了一部被吐槽得不行的商业片《绿巨人浩克》，这三部片子可以构成李安的一个时期，是他对情欲主题的表现。

简单地说，李慕白和恩尼斯都是被保守的道德礼教或传统价值观压制，无法面对自己的情欲和爱情，以致至死错过了毕生所爱。

王佳芝是上面两个人的延伸但又有其特殊性，王佳芝坦诚地与易先生面对情欲，情欲也是冲破一切束缚（在《色·戒》里，与情欲对立的不再是道德礼教，而是民族大义，但也被归于一种外加的道德观，类似男人怎么可以爱男人，这里的话语嬗变为，女人怎么可以爱汉奸），而李安展现的恰恰是，外在的道德观、价值观或许暗含虚伪话语（政治的口号中充斥虚假），但情欲和爱情却是真实的。

文学经典怎么读
从IB中文到批判性阅读

附 录

推荐书单

文学经典怎么读

说实话,给人推荐书单应当是避之不及的事情,好比品尝美食,每个人的口味不同,上海人喜甜,湖南人爱吃辣。我认为有趣的书或许恰恰是旁人觉得很无聊的书,但是,我仗着自己读书还算勤快、还算深入的老本,写下这个书单,并且为了保险起见,这份不完全的书单里的书全都是我读过的。

这个书单不是什么必读书,而是希望成为一个阅读的缘起,而且为了不成为一个令人感到无从措手的浩瀚书库,我限定自己只给十本,且都是薄薄的小册子。如果你读过其中一两本,你也觉得有趣,那么我们虽然不认识,但是在阅读的旅途中惺惺相惜,这是很好的感受;如果这些书你很陌生,那更好,有一个多么广大的世界等待你漫游。而我的希望只是,你能够从这些书中找到一两本你也喜欢的书,亲身体会我所说的阅读的乐趣,之后呢?每本书都是一粒种子,一本书会领着你去到下一本书,不用担心书读完了。

1.《植物的欲望:植物眼中的世界》([美]迈克尔·波伦著,王毅译,上海人民出版社)

推荐理由:这大概是我读过的最有意思的科普读物,作者是个丰富有趣的人,他把苹果嫁接的历史和人类初次

附录　推荐书单

品尝到甜味的感受联系起来，从郁金香泡沫经济看到人类的贪婪和疯狂……我从这本书里看到了世间万物之间千丝万缕的联系，此后，即便是一花一草，我也知道，它们都有着耐人寻味的故事。

2.《宇宙奇趣全集》（［意］伊塔洛·卡尔维诺著，张密、杜颖、翟恒译，译林出版社）

推荐理由：卡尔维诺是我珍爱的作家，他的家人都是科学家，所以他戏称自己是家族的"叛徒"。然而科学并没有被摈弃，反而成了构造他文学世界的丰富源泉。这部小说集里的人物会到月亮上采牛乳，会把水分子当"弹珠"打，会去探望顽固的、不肯进化的水族表叔……这也不是一本一次就能读透的书，头一回看或许你只观到"奇趣"，第二回读你可能发现这些狂想竟然都有科学根据，慢慢地，等你的人生经验和作品里的人物命运产生交集，可能有一天，你会明白卡尔维诺故事里的深意。

3.《东方故事集》（［法］玛格丽特·尤瑟纳尔著，郑克鲁译，上海三联书店）和《怪谈·奇谭》（［日］小泉八云著，匡匡译，上海译文出版社）

推荐理由：这两本书都是西方人写东方的故事，带着西方人独特的审美趣味和眼光，作为东方人的我们读起来更会发现我们所熟悉的土地的神秘与诡谲，特别适合夏天的晚上，就着西瓜刨冰，和家人朋友围坐乘凉，打开这两本小书，给他们讲故事。

4.《从文自传》（沈从文著，北京十月文艺出版社）和《巨流河》（齐邦媛著，生活·读书·新知三联书店）

推荐理由：我特别推荐年轻的读者读名人的传记以及作家的回忆录，会发现即便是历史上叱咤风云的人，一生都是波澜起伏，哪有一帆风顺这么容易的事情？我常常从这些回忆录中汲取力量，尤其在迷惘和困顿的时候。《巨流河》令我印象深刻的部分有：东北沦陷后，南迁的东北学生士气非常低落，然而在南开的校园里，张伯苓校长每天都站得笔挺，用中气十足的嗓音说："中国不亡，有我！"既是对他本人的自勉，又是对青年学生的振奋。

5.《人间草木》（汪曾祺著，江苏文艺出版社）和《故乡的食物》（汪曾祺著，江苏文艺出版社）

推荐理由：文学和其他的艺术样式一样，源于生活，

附录 推荐书单

我更羡慕那些能够在两者之间往返趋赴的作家,如汪曾祺,他从大千世界汲取养料,又出于一个文人的好奇和博学反向地关照生活,悠游、豁然、从容、大度。并不是每个作家的作品都能激发我对生活的热情,但是读了汪曾祺,我常常有了下厨的兴致。

6.《新诗一百句》(张新颖著,复旦大学出版社)和《既见君子:过去时代的诗与人》(张定浩著,华东师范大学出版社)

推荐理由:很多人对诗歌望而却步,觉得不知所云,其实缺乏的只是好的指引。所谓"好的指引",绝对不能是把晓白的东西说得复杂了,让人半懂不懂的,但也不能是把复杂的东西过于简单化,助长读者的自以为是。这两本小书一本谈新诗,一本谈古诗,都是从感性经验出发谈文本和自身重叠的部分,既把诗意说得通透,又和我们当下的生活相连,从这两册书开始读诗,是可以接近诗的真谛的。

7.《说部之乱》(朱岳著,北京联合出版公司)

推荐理由:提起中国当代的作家,读者都会想到余华、莫言、苏童、王安忆等，一提笔就是社会现实，笔触或锋锐，或荒诞，或沉重，或丰润。但我还尤其钟爱独辟蹊径的作家，比如朱岳，他的镜头不是聚焦于狭义的"现实"，而是对准"真实"，他让我看到写作有着无穷的可能性。

8.《国境以南，太阳以西》（［日］村上春树著，林少华译，上海译文出版社）

推荐理由：村上春树是年轻读者喜爱的作家，我也喜欢，因为他确实能够把青春的美好和焦灼表达得特别妥帖。在我读过的他的作品中，我尤其钟爱这本《国境以南，太阳以西》，故事很简单，但却载着深远的意味。

9.《这些人，那些事》（吴念真著，译林出版社）

推荐理由：这些文字因为有了时间的浸润，而沉甸甸的，但读的时候却一点都没有被沉重绑架的不适，好的作品就是这样——重重的东西，轻轻地放。

10.《乡土中国》（费孝通著，上海人民出版社）

推荐理由：乍看这是一册社会调查，应当很枯燥才对，但读来却完全不能放下。这些农村的社会结构看起来离当代很远，离城市也远，但却是中国文化骨子里的东西，我们今天仍活在这些遗迹中。这是一本解惑之书，也是一趟认识自身的旅程。

提升青少年核心素养推荐书目

	书号	书名	作者	定价
	青少年哲学启蒙读物			
1	24947-6	爱智书系·哲学就是爱智慧	朱正琳	20
2	24951-3	爱智书系·精神的故乡	周国平	20
3	24952-0	爱智书系·我们对世界的认识	周国平	20
4	24949-0	爱智书系·美是幸福的时刻	舒可文	20
5	24948-3	爱智书系·思维迷宫	赵汀阳	20
6	24950-6	爱智书系·信仰之问	何光沪	20
7	24953-7	爱智书系·历史的灵魂	李公明	20
8	23439-7	织梦的男孩：一场穿越现实的哲学之旅	杰克·鲍温	49
9	20081-1	你会杀死那个胖子吗？	戴维·埃德蒙兹	38
10	22278-3	柏拉图的车贴	杰克·鲍温	45
		青少年创意写作书系		
11	25756-3	会写作的大脑1：梵高和面包车	邦妮·纽鲍尔	68
12	25757-0	会写作的大脑2：怪物大碰撞	邦妮·纽鲍尔	68
13	25758-7	会写作的大脑3：33个我	邦妮·纽鲍尔	68
14	25759-4	会写作的大脑4：亲爱的日记	邦妮·纽鲍尔	68
15	待出	创意写作大冒险：让你独一无二的心灵充满惊喜	凯伦·本	36（估）
16	19325-0	写作魔法书·让故事飞起来	加尔·卡尔森·莱文	26
17	待出	写作魔法书·创意写作分阶练习（1-6册）	创意写作工坊	36（估）/册
		语文学习		
18	20449-9	语文课：让孩子走向成熟并再次天真	连中国	39

前表

	书号	书名	作者	定价
19	23618-6	语文课Ⅱ：师生共同步入葱茏草色与万丈原野	连中国	45
20	22705-4	有趣的语文：一个语文教师的"另类"行走	凌宗伟	39
21	25947-5	文学经典怎么读——从IB中文到批判性阅读	钱佳楠	49
		批判性思维与中学课程学习		
22	17963-6	逻辑思维能力与素养	杨武金	39
23	18130-1	课堂中的逻辑味道——让理性引导教与学	汪馥郁	49
24	23670-4	批判性思维与中学语文学习	欧阳林	36
25	23099-3	祛魅与祛蔽：批判性思维与中学语文思辨读写	余党绪	45
26	待出	批判性思维与中学物理	汪明	39（估）
27	待出	批判性思维与阅读	欧阳林	39（估）
28	待出	批判性思维与中学历史	林娟	39（估）
		批判性思维进阶读物		
29	24642-0	批判性思维教与学：帮助学生质疑假设的方法和工具	斯蒂芬·D.布鲁克菲尔德	48
30	23337-6	批判性思维与创造性思维	加里·R.卡比	49
31	19735-7	权衡：批判性思维之探究途径	莎伦·白琳	59
32	12294-6	逻辑的力量（第3版）	斯蒂芬·雷曼	39
33	22469-5	避开思维陷阱：跟心理学大师克兰学习正向思维	阿伦·马丁·克兰	35
34	18179-0	可笑的思维谬误：批判性思考与查错神经	冀剑制	28
35	25451-7	水平思考：如何开启创造力	爱德华·德博诺	58

续前表

	书号	书名	作者	定价
\multicolumn{5}{c}{青少年素养：行为、科学与艺术}			
36	25760-0	拒绝粗鲁：青少年的行为修养	亚历克斯·巴克	68
37	18485-2	道德的理由（第7版）	詹姆斯·雷切尔斯 斯图尔特·雷切尔斯	35
38	13328-7	生活的意义（修订版）	陶黎宝华 甄景德	38
39	14726-0	世界文明史（第四版·精装本）	丹尼斯·舍曼	128
40	13984-5	超个体：昆虫社会的美丽、优雅和奇妙	伯特·荷尔多布勒	39
41	11454-5	爱因斯坦的望远镜：搜索暗物质和暗能量	艾弗琳·盖茨	39
42	25737-2	机器人与人	约翰·乔丹	49
43	25214-8	数学极客：花椰菜、井盖和糖果消消乐中的数学	拉斐尔·罗森	38
44	待出	再造我们的后代——遇见来自生物工程的生命	迈克尔·贝丝	38（估）
45	23938-5	疯狂的罗素（彩色漫画版）	阿波斯托洛斯·赫里斯托斯	89
46	18953-6	感知艺术：公共艺术教育导论（第9版）	丹尼斯·J.斯波勒	69
47	23378-9	艺术形式（第11版）	帕特里克·弗兰克	168
48	20517-5	艺术中的人文精神（第8版）	F.大卫·马丁 李·A.雅各布斯	148
\multicolumn{5}{c}{心理治愈读本}			
49	23573-8	注意力曲线：打败分心与焦虑	露西·乔·帕拉迪诺	36
50	22286-8	友谊	A.C.葛瑞林	39

前表

书号	书名	作者	定价
21919-6	气质	奥里森·斯威特·马登	36
22895-2	尊严	唐娜·希克斯	39
23019-1	幸福的科学	亨利·史密斯·威廉姆斯	36
16518-9	意念的治愈力	詹姆斯·约瑟夫·沃尔什	36
21416-0	悲伤的另一面	乔治·A. 博南诺	39
教育理念				
20264-8	翻转式学习：21世纪学习的革命	丹尼尔·格林伯格	39
待出	因材施教：个性化教学的灵感与策略	罗伯特·阿多特	38（估）
20448-2	慕课：人人可以上大学	乔纳森·哈伯	39
待出	迷人的教学理念：多样性写作、批判性思维与主动学习（第2版）	约翰·宾	38（估）
待出	以学生为中心：交互式课堂中的情感、理智与实践	罗伯特·阿多特	39（估）

图书在版编目（CIP）数据

文学经典怎么读：从 IB 中文到批判性阅读/钱佳楠著.—北京：中国人民大学出版社，2018.7
ISBN 978-7-300-25947-5

Ⅰ.①文… Ⅱ.①钱… Ⅲ.①中国文学-古典文学-文学欣赏 Ⅳ.①I206.2

中国版本图书馆 CIP 数据核字（2018）第 140939 号

文学经典怎么读：从 IB 中文到批判性阅读
钱佳楠　著
Wenxue Jingdian Zenme Du

出版发行	中国人民大学出版社		
社　　址	北京中关村大街 31 号	邮政编码	100080
电　　话	010-62511242（总编室）		010-62511770（质管部）
	010-82501766（邮购部）		010-62514148（门市部）
	010-62515195（发行公司）		010-62515275（盗版举报）
网　　址	http://www.crup.com.cn		
经　　销	新华书店		
印　　刷	北京联兴盛业印刷股份有限公司		
开　　本	890 mm×1240 mm　1/32	版　次	2018 年 7 月第 1 版
印　　张	10.125 插页 2	印　次	2024 年 5 月第 5 次印刷
字　　数	147 000	定　价	59.00 元

版权所有　　侵权必究　　印装差错　　负责调换